蝶々の心臓

爸爸有你就够了

〔日〕石川祐树 著　邹波 译

人民文学出版社
PEOPLE'S LITERATURE PUBLISHING HOUSE

著作权合同登记号 图字 01-2017-6860

图书在版编目(CIP)数据

爸爸有你就够了/(日)石川祐树著;邹波译.
—北京:人民文学出版社,2018
ISBN 978-7-02-014022-0

Ⅰ.①爸… Ⅱ.①石…②邹… Ⅲ.①散文集-日本-现代 Ⅳ.①I313.65

中国版本图书馆 CIP 数据核字(2018)第 062249 号

CHOUCHOU NO SHINZOU
by Yuki Ishikawa
Copyright © 2014 by Yuki Ishikawa
Original Japanese edition published by TAKARAJIMASHA,Inc.
Simplified Chinese translation rights arranged with TAKARAJIMASHA, Inc.
through The English Agency (Japan)Ltd.,Japan
Simplified Chinese translation rights © 2019 by 人民文学出版社

责任编辑　甘　慧　杜玉花
特约策划　任　战
装帧设计　汪佳诗

出版发行　人民文学出版社
社　　址　北京市朝内大街 166 号
邮政编码　100705
网　　址　http://www.rw-cn.com

印　　制　上海利丰雅高印刷有限公司
经　　销　全国新华书店等

字　　数　30 千字
开　　本　890 毫米×1240 毫米　1/32
印　　张　5.125
版　　次　2019 年 2 月北京第 1 版
印　　次　2019 年 5 月第 2 次印刷

书　　号　978-7-02-014022-0
定　　价　49.80 元

如有印装质量问题,请与本社图书销售中心调换。电话:01065233595

致十年后的你

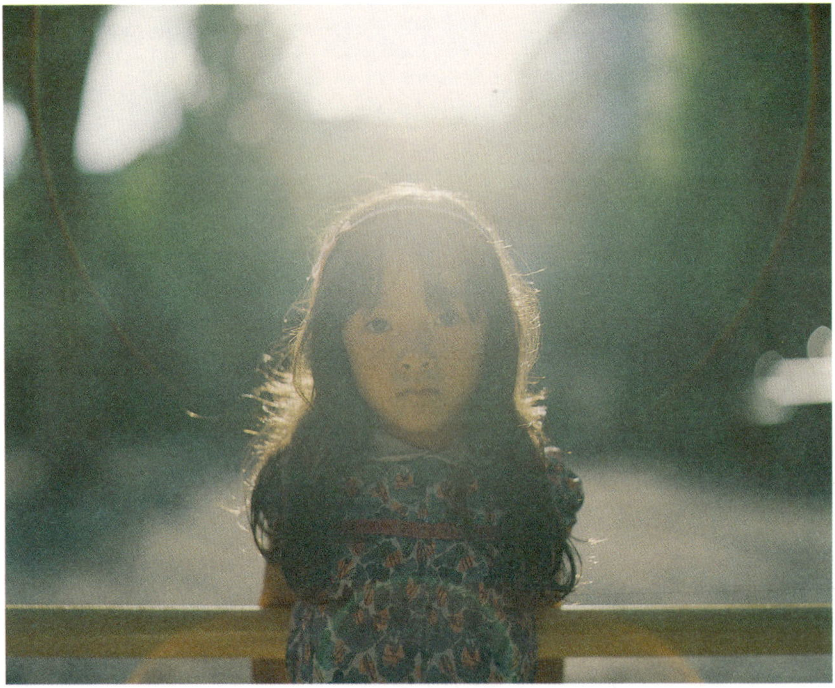

你虽然还只是个小不点儿，介于婴儿与幼童之间，却像一个老师，教会爸爸很多重要的事情。

因为有你，爸爸的想法改变了许多。以前的爸爸是一个非常在意小事的人，为了让大家喜欢，用心地待人处事，感觉很累。

现在不一样了。只要你喜欢爸爸，我就心满意足了。就算被地球上所有的人讨厌，有你喜欢我就满足了。当然，爸爸应该不会那么让人讨厌呢。对了，绝对不能被妈妈讨厌。

因为有你，爸爸成为了真正的自己，谢谢你。

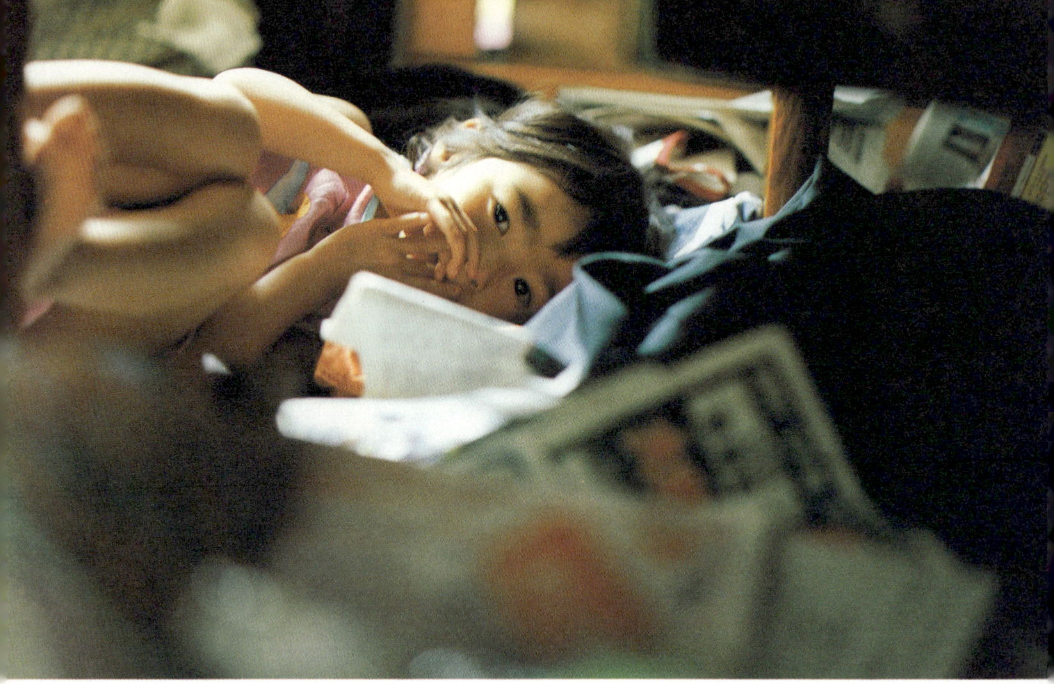

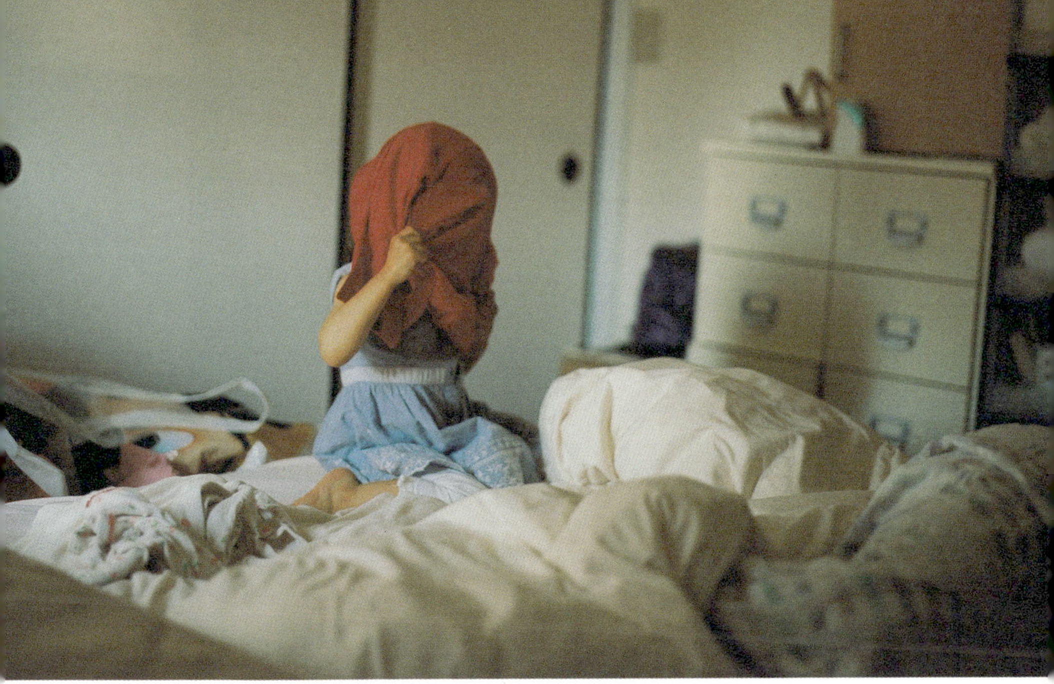

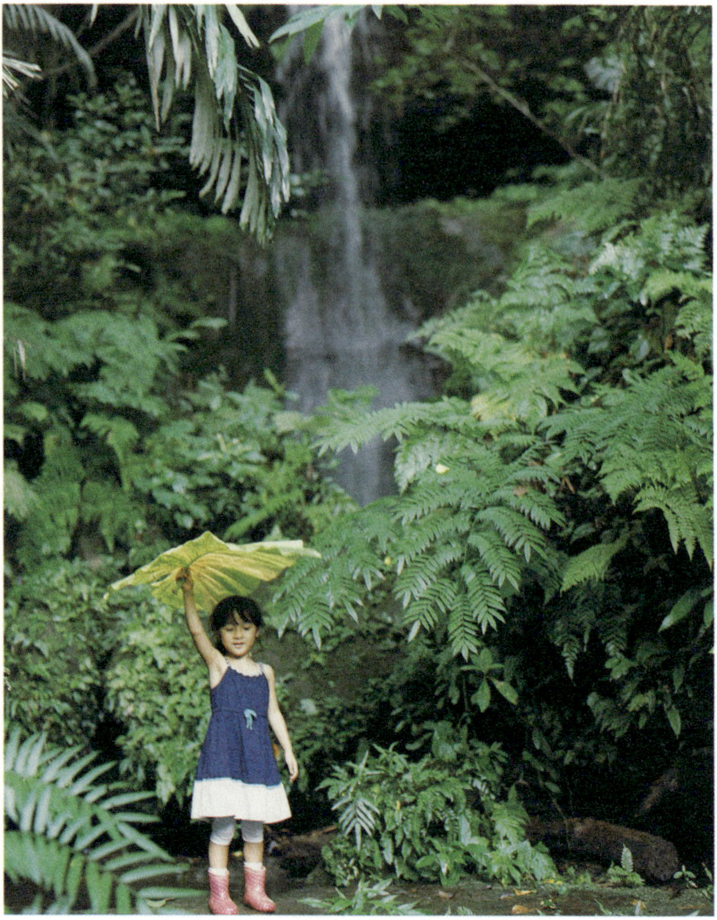

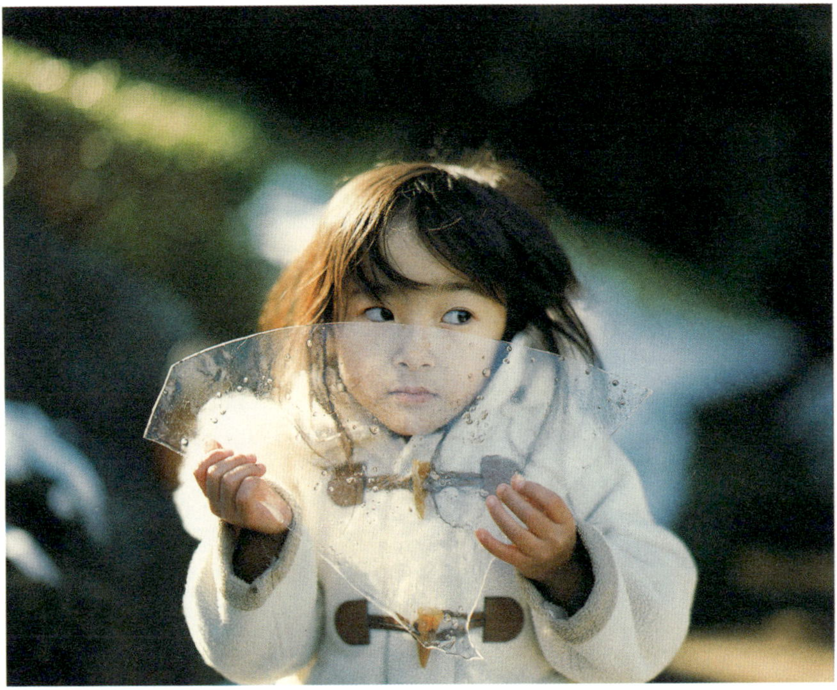

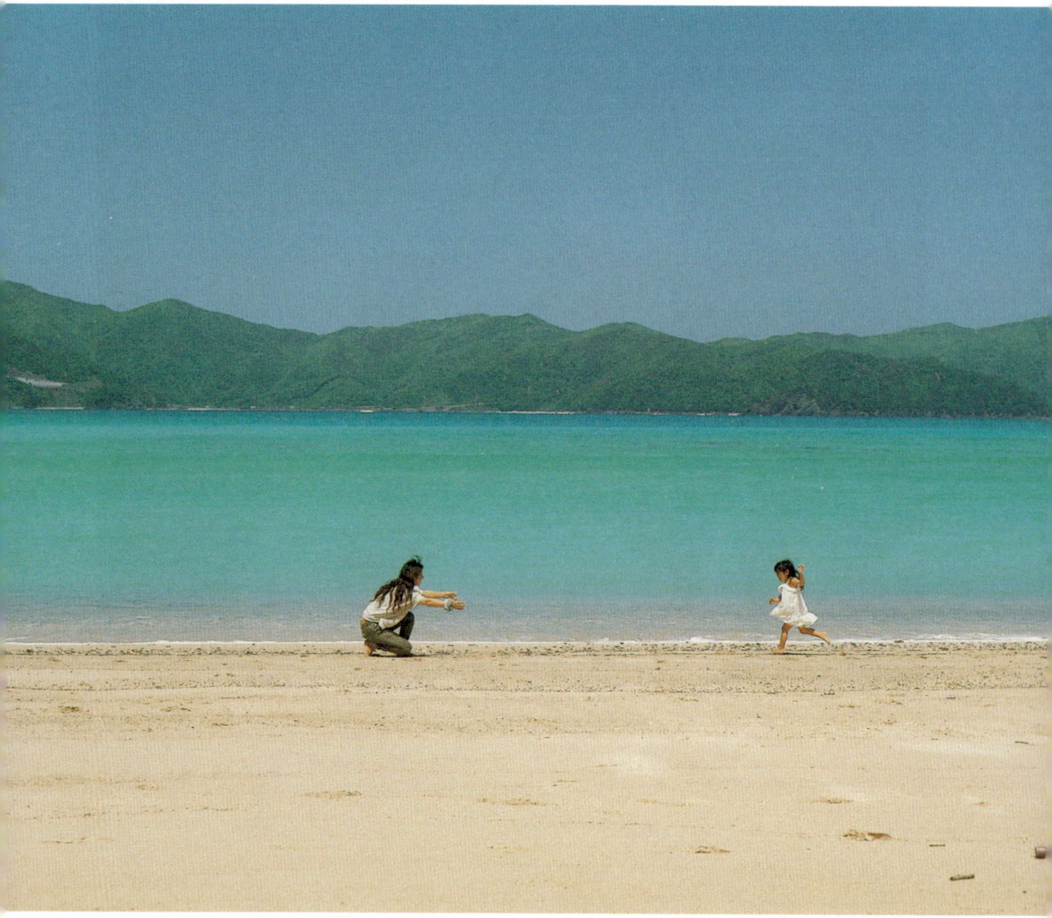

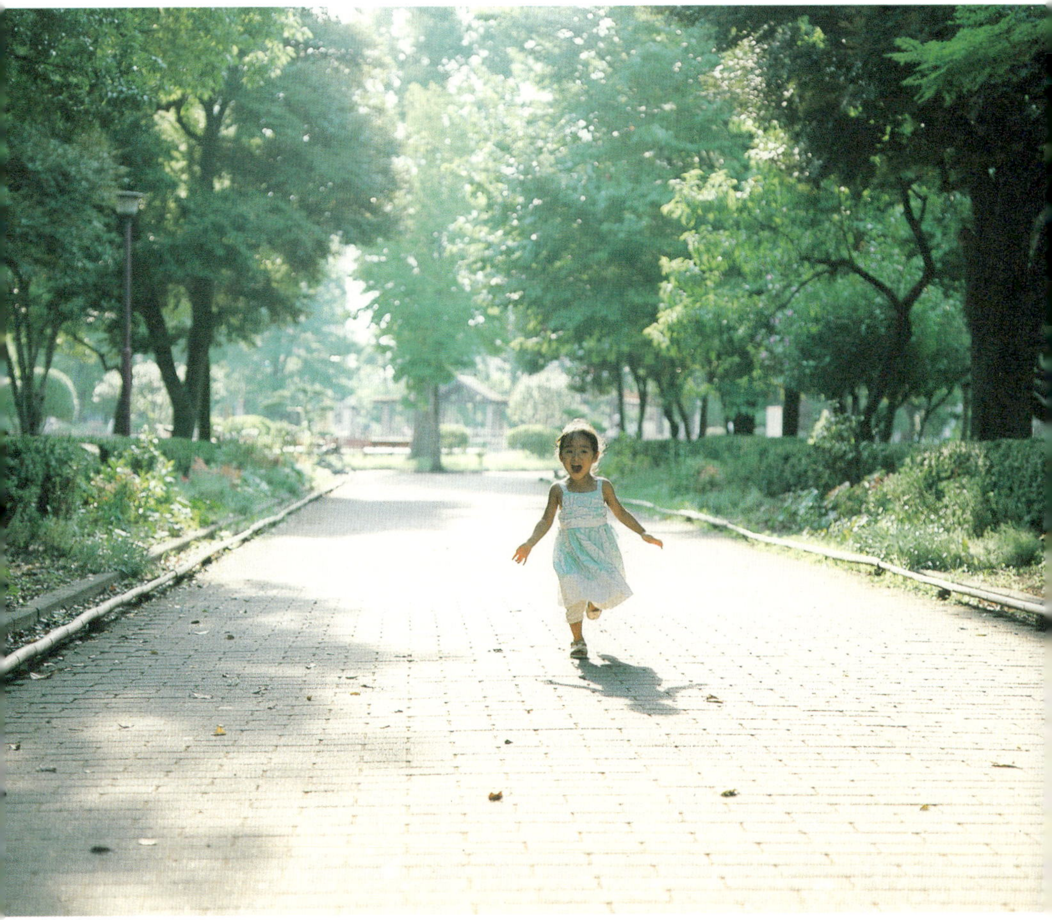

爸爸有你就够了　　目　录

1
谢词

12
爸爸有你就够了

137
后记

151
关于小儿心脏疾病的预备知识

157
关于"麦当劳叔叔之家"

人生中最长的一天

爸爸现在还经常想起你出生后的第二天,那是爸爸人生中最漫长的一天。

那天晚上,爸爸写了这样的一篇文章。现在重新去读,感觉有点儿难为情。不过,那时候爸爸已经做好了心理准备。

《人生中最长的一天》

昨天晚上,女儿出生了。那天她很健康,我放心地回了家。可是今天早晨,女儿忽然病重,被送进了产科的 NICU(新生儿重症监护室)。医生判断无法在那里接受治疗,于是转院到东京大学附属医院的 NICU。

我做好了最坏的打算。

可是女儿努力活了下来,医生的努力让她保住了性命。女儿的心脏具有先天性的疾病。

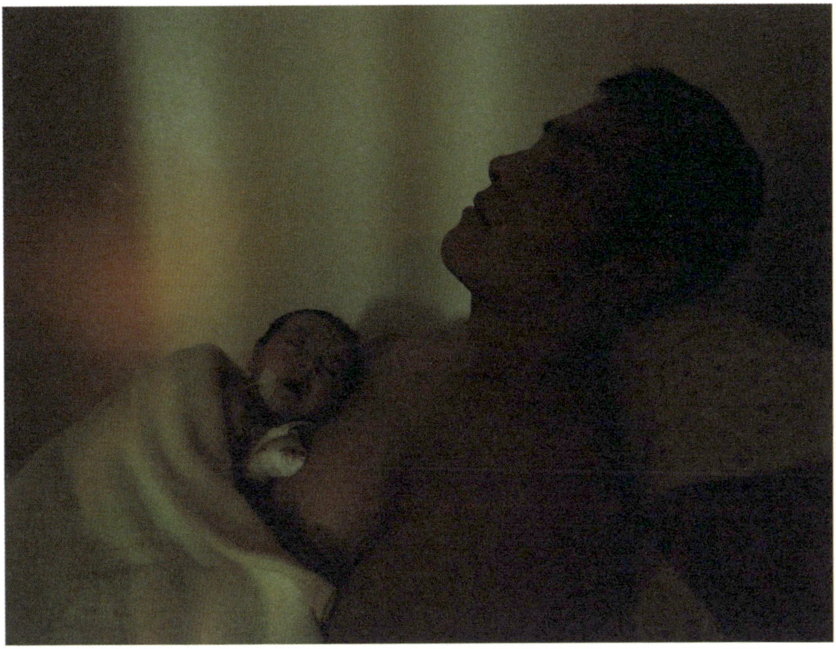

下周女儿要接受手术。听医生说，在三岁之前，还要做两次手术。

所有的手术都有风险，我有心理准备。如果所有的手术都成功，女儿就能过上正常的生活。虽然不能跑马拉松，但能长成一个"体弱的女孩"，好好地活下去。

九点，接到第一个电话，接着便是在产科和东大医院之间来回奔走，回到家已经是晚上了。活到现在，今天是人生中最漫长的一天，一生的泪都流干了。外套的袖子被泪水和鼻涕弄得湿透了。

悲剧电影不过两个小时就结束了，可是我今后的人生，要永远面对女儿的疾病。

说实话，女儿出生的那天晚上，我还没有体验到"为人父"的感受。可是情况变成现在这样，和女儿一起坐救护车去东大医院的时候，我发自内心地想着"不能失去我的女儿"。我愿意献出自己的人生，就算明天我死去，也要让女儿活下来。

人生真是不容易啊。我一直都是堂堂正正地做人。
"为什么我的女儿要遭遇这种不幸？我又没有做什么坏事情。"我很恼火。
我哭了又哭，一天就这么结束了。

早晨，我设想了最坏的情况：女儿可能已经没救了。所以现在反倒轻松了。想到女儿幼小的身体、幼小的心脏要迎来手术刀，我的心就难受得不行。可是我相信医生。

你只要活下来就好了。成绩好不好，长得可爱不可爱都没有关系，爸爸只希望你能长大成人。
我从来没有想过住豪宅，开豪车，成为名人，只希望有一个普普通通的家庭。可是，连这也很难得到呢。从今以后，我要努力让这一天来临。我要努力，会有那么一天——全家围坐在餐桌旁，我笑着对女儿说："那时候爸爸可担心了。"

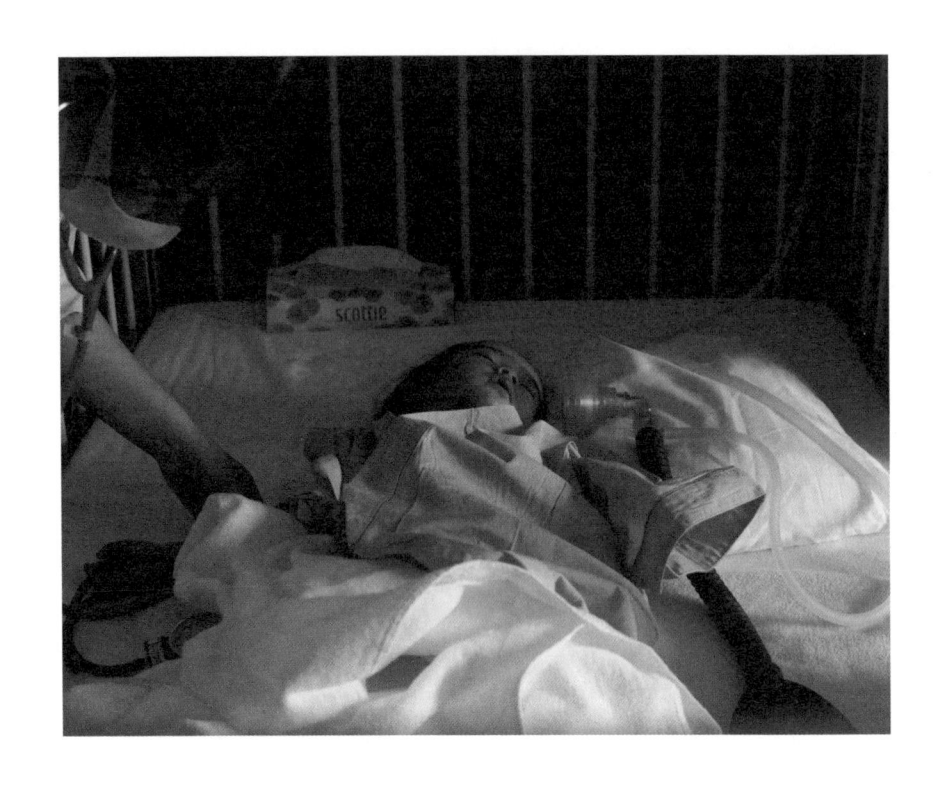

写这些文字是在五年前。后来又发生了很多事,直到今天。

我们回过去看看从前，好吗？

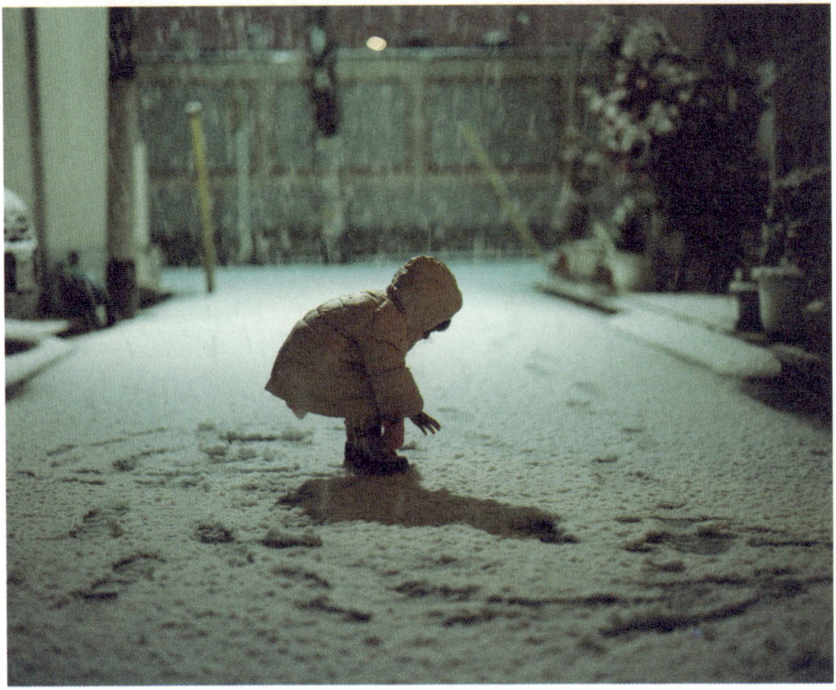

雪天

每当下雪,我就想起你第一次做手术那天。那一天,雪下得很大。我在医院的等候室,望着窗外的雪花,等待手术结束。

爸爸打开电视,里面放的是搞笑节目,屏幕上大家都在笑。

想想也是,你是死是活,和这个世界没有关系。
爸爸忽然明白了这么浅显的道理。在爸爸和这个世界之间,多了一道薄薄的窗帘般的东西。世界上发生着各种事情,在爸爸眼中都像隔了窗帘,既朦胧又模糊。

现在也是如此。

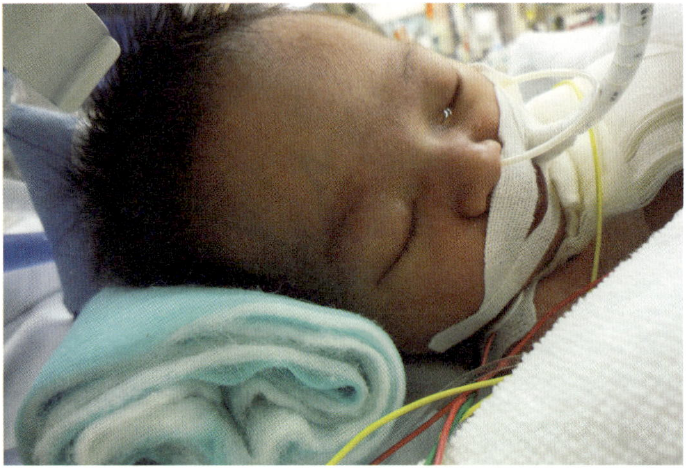

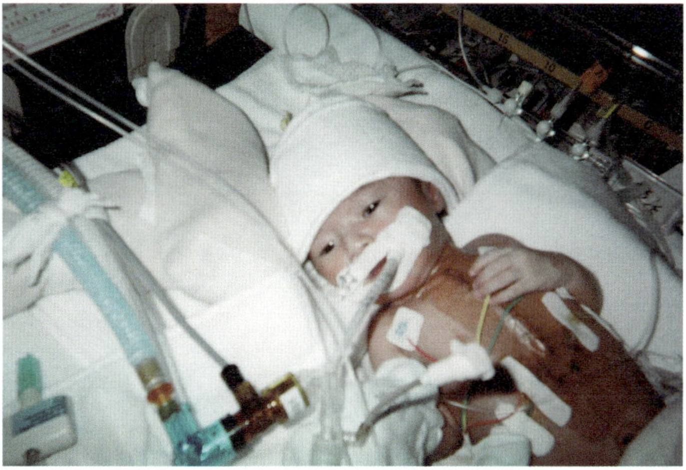

第二次手术

孩子，爸爸看了许许多多以前给你拍的照片。看到你住院时的照片心里会难过。你在床上等爸爸；我们挤在床上玩。

第一次手术是你刚刚出生两周的时候，你什么都不记得吧？这是第二次手术时的照片。手术叫"心脏格林手术"，我们要谢谢发明这种手术的格林医生呢。

孩子别哭

这张照片是你哭鼻子前两秒时拍的。一有什么不满意你就哭，你一哭爸爸就头疼。爸爸从来没有欺负过你啊，真拿你没办法。

医生叮嘱过，在第二次手术之前"不要让孩子长时间哭，会增加心脏的负担"。

让孩子不哭超级难哦，你哭个不停的时候，爸爸也哭过鼻子。

日常

　　爸爸虽然遇到很多困难,但能做你的爸爸真好,每天都很幸福。

爸爸毫无隐瞒地这样写，是想让和爸爸一样的人振作起来。

刚开始，医生给你的诊断是"肺动脉狭窄""右室发育不良""大血管错位""室间隔缺损"，还有两种其他的病。

医生解释说，要做"BT分流手术""格林手术"和"方坦全腔肺动脉吻合术"①，三次手术完成之后，可以过正常人的生活。不过，长大之后不能做剧烈的运动，也不能生孩子。

后来爸爸在网上查了很多资料，了解到很多婴儿得了相同的病。查得越多，信息就越杂，爸爸开始害怕起来。

博客上也有许多让人悲伤的故事。

即便今天，也有很多爸爸妈妈和五年前的我一样，在网上查阅相关的信息。

所以，我想让他们看到我们愉快生活的样子，然后放心，虽然也有难受的时候，但更多的是爸爸和妈妈无比愉快的日常生活。

---

① 格林手术和方坦手术的原名为 Glenn procedure 和 Fontan procedure。关于这两种手术的详细解释请参照书后"关于手术"一节。

有时候很难按下相机的快门。我可以选择只拍你健康愉快的照片，但是爸爸想留下你和疾病战斗的记录。当你长大，遭受挫折的时候，我会给你看在医院拍的照片。

"你战胜了这些困难！"我会鼓励你。

珠穆朗玛峰的山顶

爸爸超喜欢和你一起玩，也喜欢看你熟睡的样子。你醒来的时候很闹腾，没办法安安静静地看你。

看着在床上熟睡的你，我经常和妈妈说："又长大了……"你生下来之后一直很瘦弱，第二次手术之前你的血氧饱和度只有60%左右，有时候比这个数字还低。

听说爬上珠穆朗玛峰的山顶，人的血氧饱和度只有这么高。你一直在珠穆朗玛的山顶生活着啊。

现在你的血氧饱和度有80%左右，再做一次手术，就能接近100%了。终于，可以下山了。

怀旧

爸爸喜欢电影《三丁目的夕阳》那样的世界。有时候,会想象着和你在那样的世界生活,小孩子们在空地上踢罐子玩耍。

可是，如果是那样的年代，你就已经不在这个世界上了。因为有许许多多的医生和研究者的不断努力，现代医疗水平进步，你才得救了。

这么说来，能生在现在的时代真好。爸爸也喜欢上现在这个时代了。

现在会变成过去

有时候,爸爸感觉你的存在很容易消逝。这时我想留住你的"现在",就用祈祷般的心情拿起相机。在我按下快门的一瞬间,"现在"变成了"过去"。最终,我能留下的只是"过去",照片,其实就是捕捉过去的工作吧。

爸爸从来不去看"未来"，这是试图捕捉"现在"的爸爸所做的徒劳的事。胶卷越来越多，占据了爸爸的办公室。这些是妈妈和爸爸的宝贵的"过去"呀。真正可以相信的只有"过去"，让人喜爱的"过去"越积越多，我们就这样活下去，这样才好啊。

在你出生之前，爸爸总相信有"未来"，努力向前。因为，大家都说这是正确的生活。而你出生了，发生了许多事情……对爸爸来说，向前看很痛苦。有一天，爸爸突然"向右转"了，然后，心情变得轻松起来。从那之后，爸爸一边朝后面看，一边向前走。要是走路也这样，很危险呢。

上个星期，爸爸被邀请参加了学生的婚礼。我看到介绍新郎新娘成长的照片，还是婴儿的时候、入学典礼、全家旅行……爸爸很喜欢看这些照片。
你也会办婚礼吧？新娘的照片拍得太好，新郎值得同情呢，哈哈。

爸爸偶尔也会想象一下，令人愉快的未来。

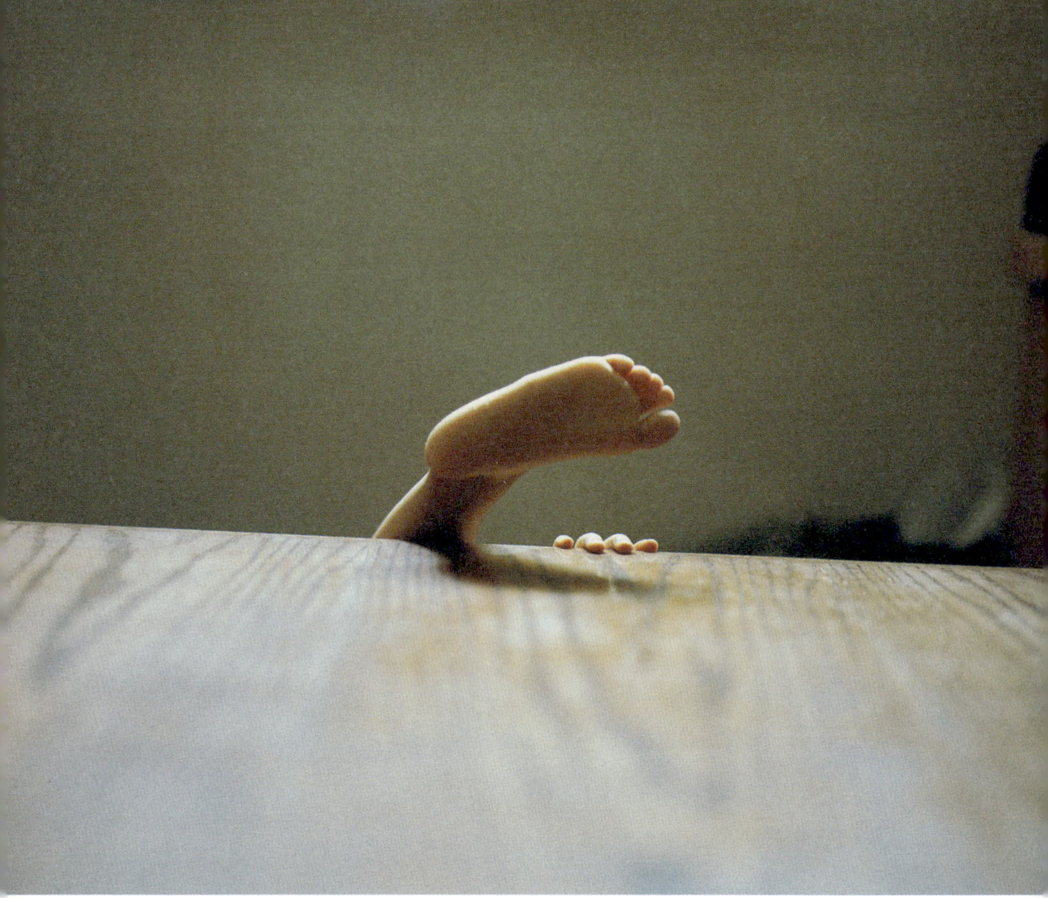

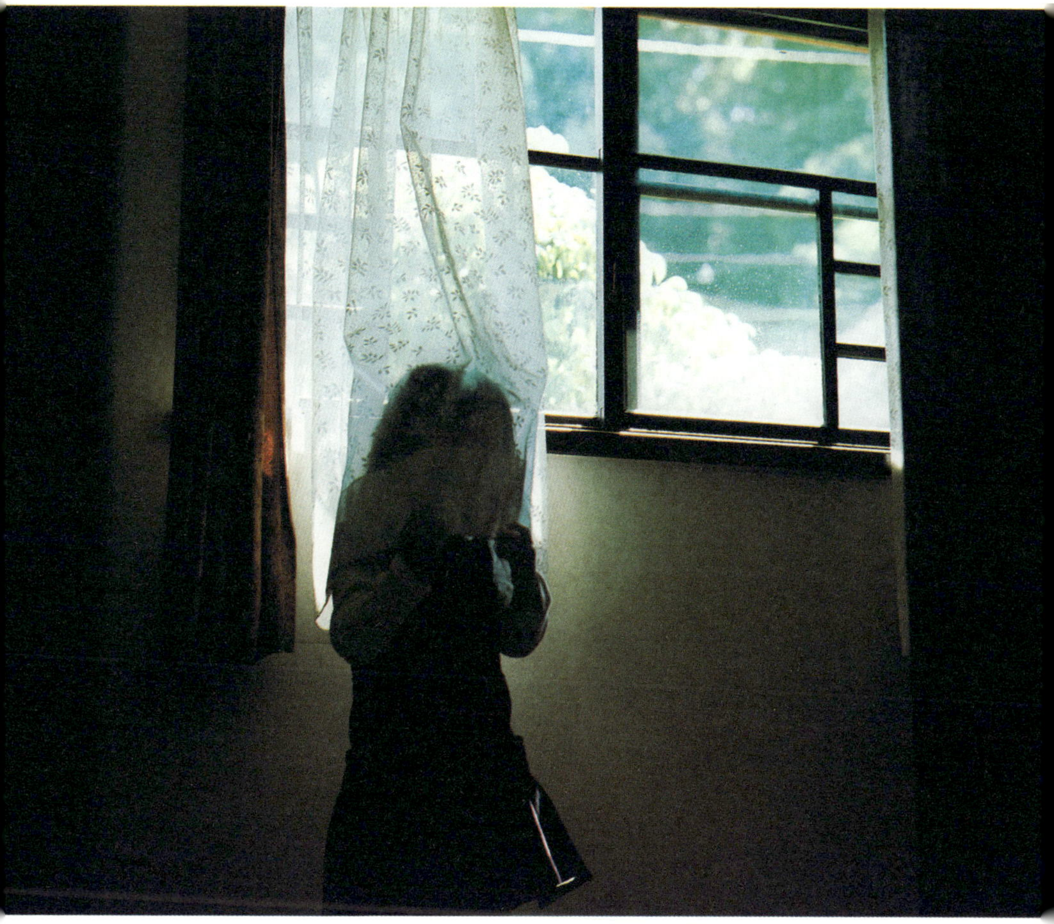

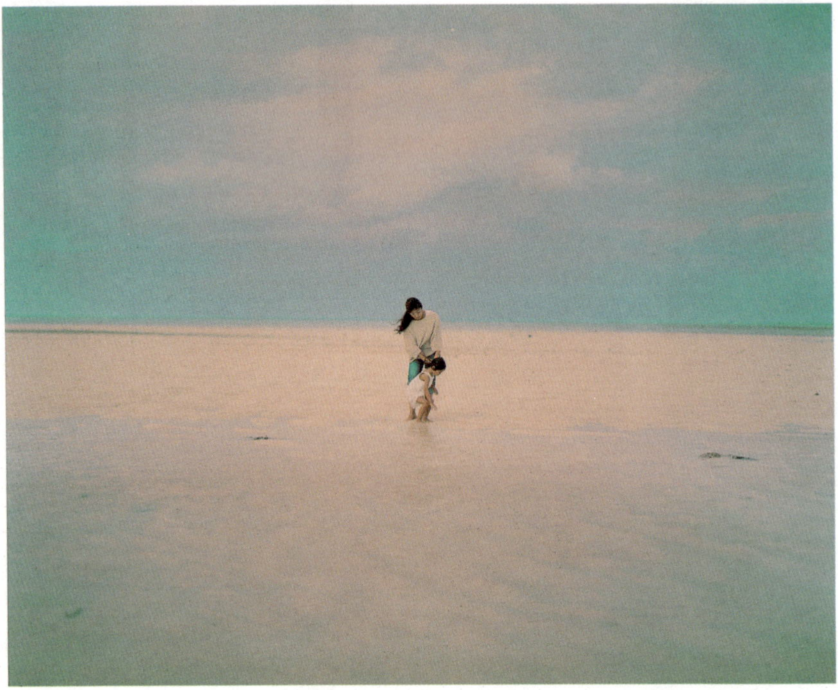

泪海

爸爸每天都在考虑你的事。下个星期你又要住院了。这次是住院检查，结束之后就是最后一次手术了。

刚开始听医生说"做完三次手术就没事了"的时候，觉得前面的路很漫长。如今已经完成了两次，只差最后一次。真开心，加油啊。

爸爸想起以前经常趴在空无一人的道场的垫子上，哭上三个小时。来了快递时，又很冷静地收快递。

流的泪，感觉有海水那么多。

吹牛？爸爸总是吹牛呢。学生们几乎都不相信爸爸的话，真遗憾呢。

地上的神仙

　　明天我要和你一起去医院，住三个晚上。这次又要用导管来处理心脏的血管。医生真厉害，是爸爸的神仙啊。爸爸不知道，云上面有没有神仙。

　　为了让你的心脏好起来，爸爸花了好几个月的薪水学习"气功"，周围的人都觉得爸爸傻，可是爸爸很认真。不过，爸爸的手掌上什么都发射不出来……

　　后来爸爸放弃了求神拜佛。能救你的只有医生和爸爸妈妈。爸爸也去寺庙、神社散步，但从不求保佑。

　　爸爸也会在功德箱前双手合十。那是我特意在神灵面前说："我才不靠你呢！"爸爸是不是个怪人？

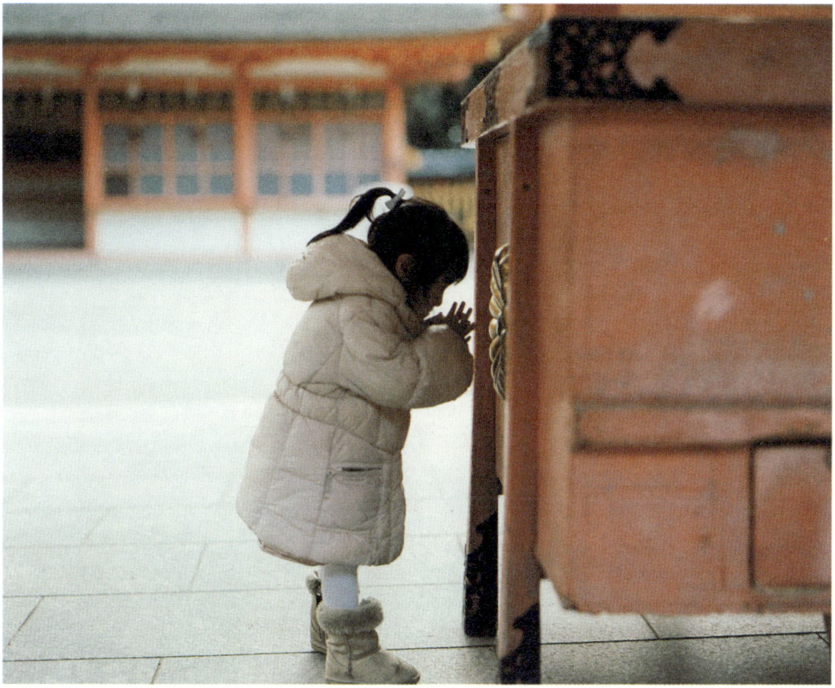

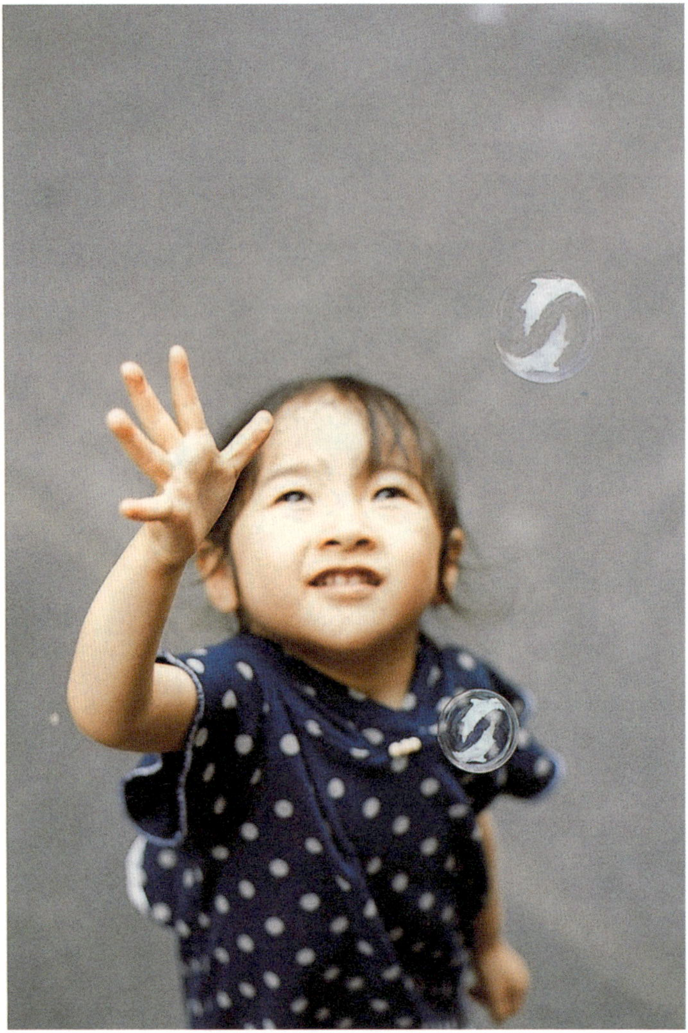

最喜欢什么

今天,我问你:"喜欢爸爸吗?"你回答说:"我喜欢色拉酱。"

爸爸这辈子都不会原谅色拉酱。

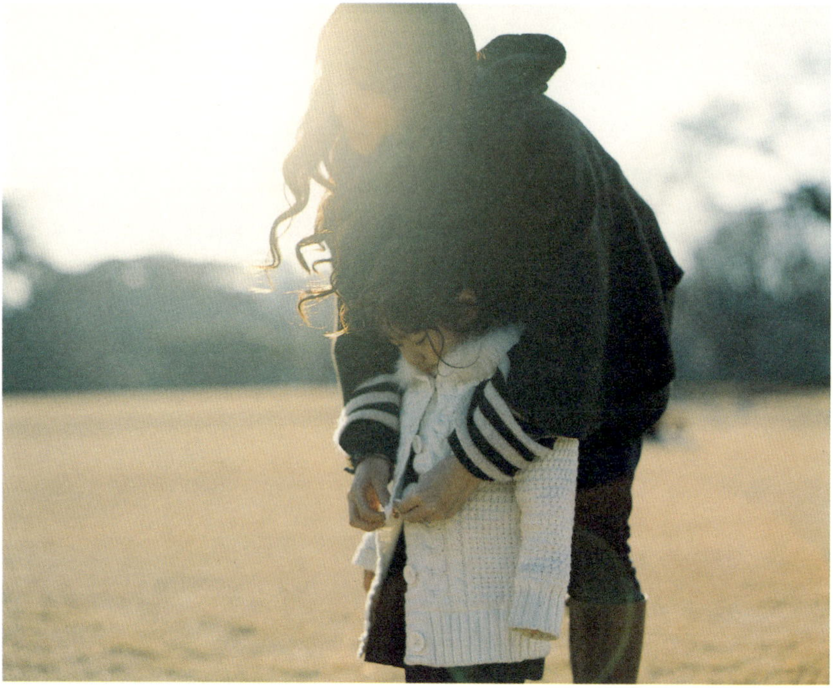

天涯海角

　　爸爸好歹是个格斗家，可是心脏却不太强。倒是妈妈有一颗世界王者级别的心脏。

　　今天放导管，你回到病房有点儿晚。爸爸担心得不行，坐立不安。妈妈却很镇定，让人感觉"肯定没事"。

　　导管平安地放好了。你很棒！塑料的导管在你的血管里，了不起，值得骄傲呢。

　　你要做的"方坦手术"是一种"姑息性手术"。简单说，就是你的心脏得不到完全的治疗，是逃离目前症状的手术。

　　可是，妈妈这么说："没事，哪怕天涯海角，我也带这孩子逃离病魔。"

　　我和你们一起逃。

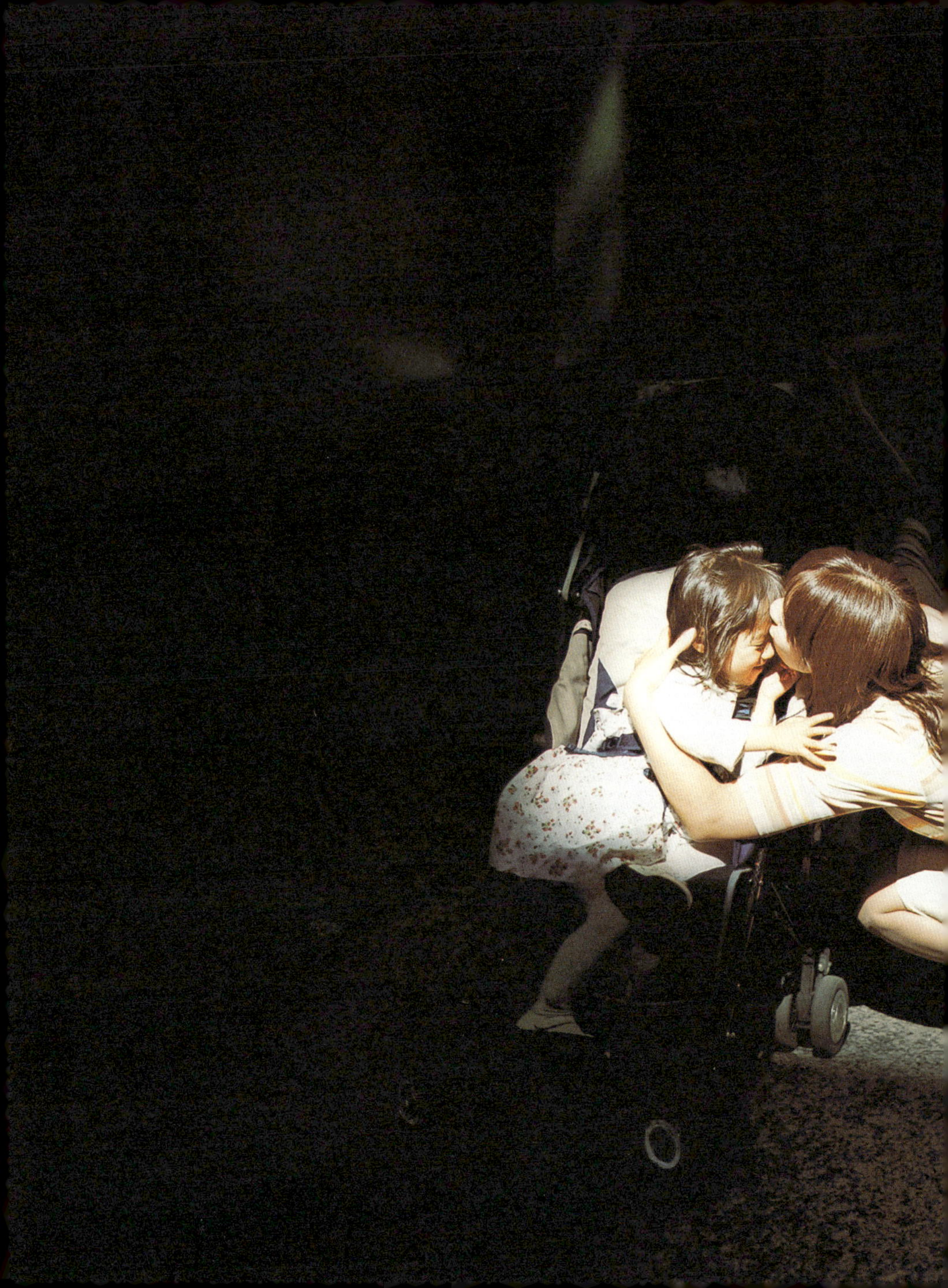

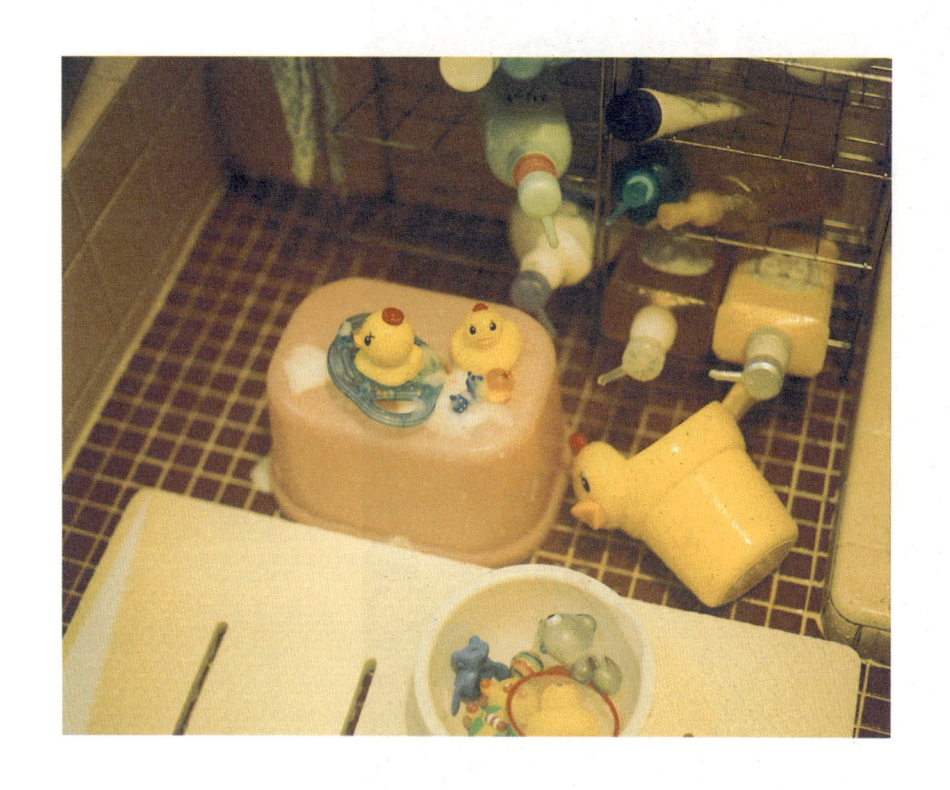

幸福的皱纹

　　爸爸超喜欢和你一起泡澡。我们的家很小，浴缸很小。但是，泡澡是爸爸最快乐的时间。
　　你住院期间不能一起泡澡，爸爸很寂寞。要忍耐一下呢。

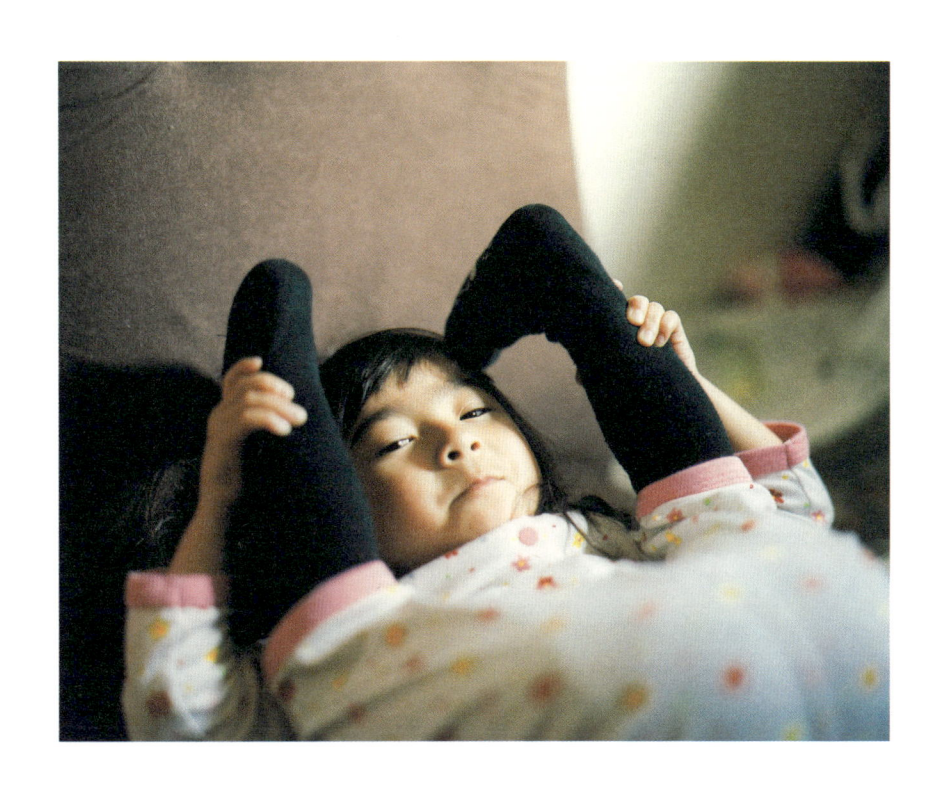

今天又是打点滴、X光、验血……你很恐惧，哭了很久。
每当你哭的时候，爸爸总在心里道歉："对不起……"

等到出院，你可以每天欢笑了。

爸爸总是被你逗笑，所以最近眼角的鱼尾纹很明显啦。

我是做父亲的

　　明天你就出院了。五天之后还要来医院,到时候,住院时间会有点儿长。从明天开始的五天,和爸爸好好地玩吧。

　　每天为了见你,爸爸要在接待处领"探视单"。那时候要写上你和爸爸的名字,还要在"关系"栏填写"父亲"。
　　在写汉字"父亲"的时候,爸爸总是严肃起来,端端正正地用力写上"父亲"。

　　爸爸是做父亲的呀。

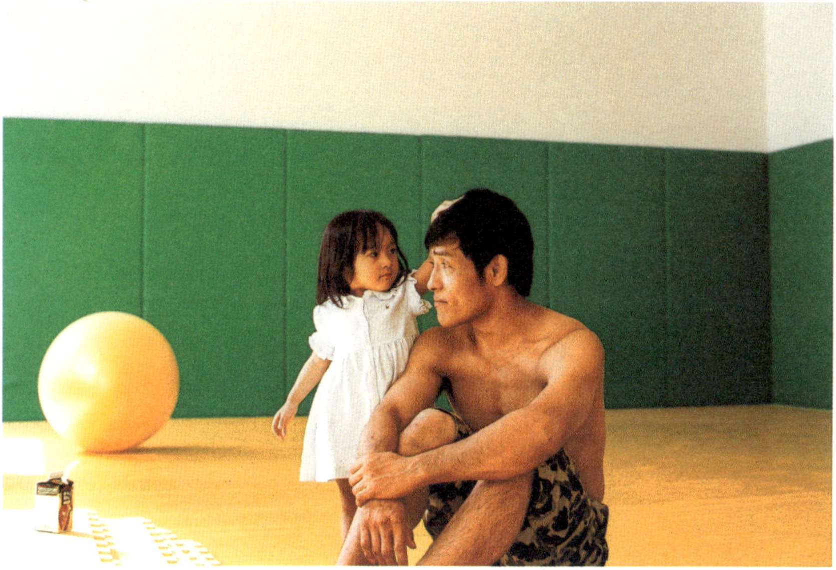

心跳

　　昨晚睡得不好。早晨四点钟左右，我钻到妈妈和你睡的床上，你知道吗？

　　房间里很安静，能听见你的心跳。

　　听着你的心跳，爸爸终于睡着了。

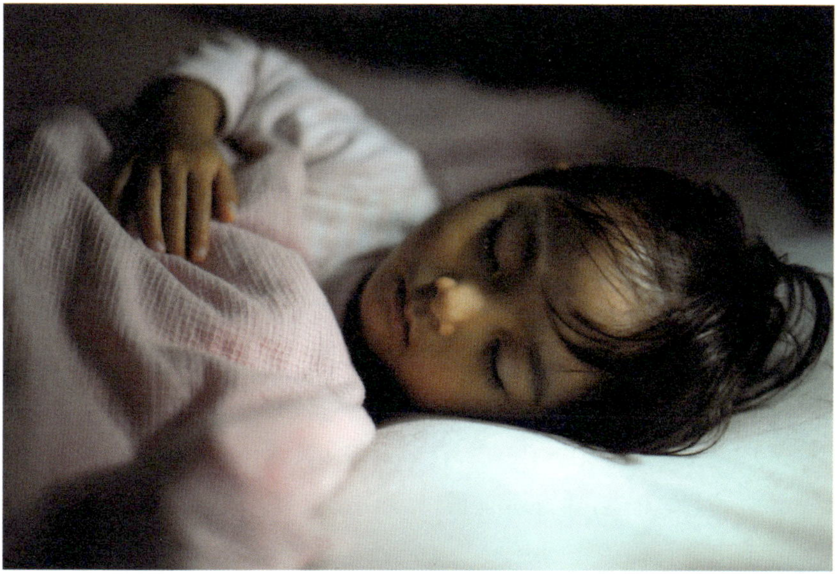

战斗的日子

爸爸很怕手术,非常非常怕。听说手术要做八个小时左右——在爸爸的人生里,这是最长的八小时。

爸爸还能这样写到什么时候呢?

如果没有想写的东西,爸爸就不写了。也许,那是非常非常幸福的时刻,是终于结束和疾病战斗的日子。

当你读到初中的时候,我会让你读这些。那时候爸爸可能已经是啤酒肚、秃头的中年人了,可能不会像现在这样和你一起玩。你可能更喜欢偶像团体,而不是爸爸。你可能已经活蹦乱跳,不太担心心脏了。嗯,一定会这样的。

可是,我想让你知道,你和爸爸一起与疾病战斗的日子。爸爸也不想忘记。"只要你活着就好,其他什么都不需要。"我不想忘记这样的心情。所以为了未来的你和自己,我正坐在电脑前面。

真优……只要你活着,爸爸什么都不需要。

奖牌

今晚要失眠了。十个小时之后要开始方坦手术。终于走到了今天。两年四个月，你努力坚持到了今天，还要加把劲儿。

你知道，爸爸是柔术选手，在你出生之前参加过很多比赛。以前去过巴西，在那里租了房子练习巴西柔术。爸爸参加过世界比赛，得过奖。不过现在想起来，那好像是很久很久以前的事了。

现在，美国正在举办世界柔道比赛，爸爸的伙伴们正在赛场拼搏。最近已经没有人问爸爸："你参赛吗？"因为他们都认为"不可能，他女儿那样……"

可是，你要相信，爸爸没有因为你而失去任何东西，相反，爸爸得到了非常非常多的幸福。

世界比赛很激烈，但是和你明天的战斗相比，不过是"过家家"。你在战斗中获胜，就能得到"正常生活"的奖牌。和爸爸一起，珍惜这块奖牌，好好活下去吧。

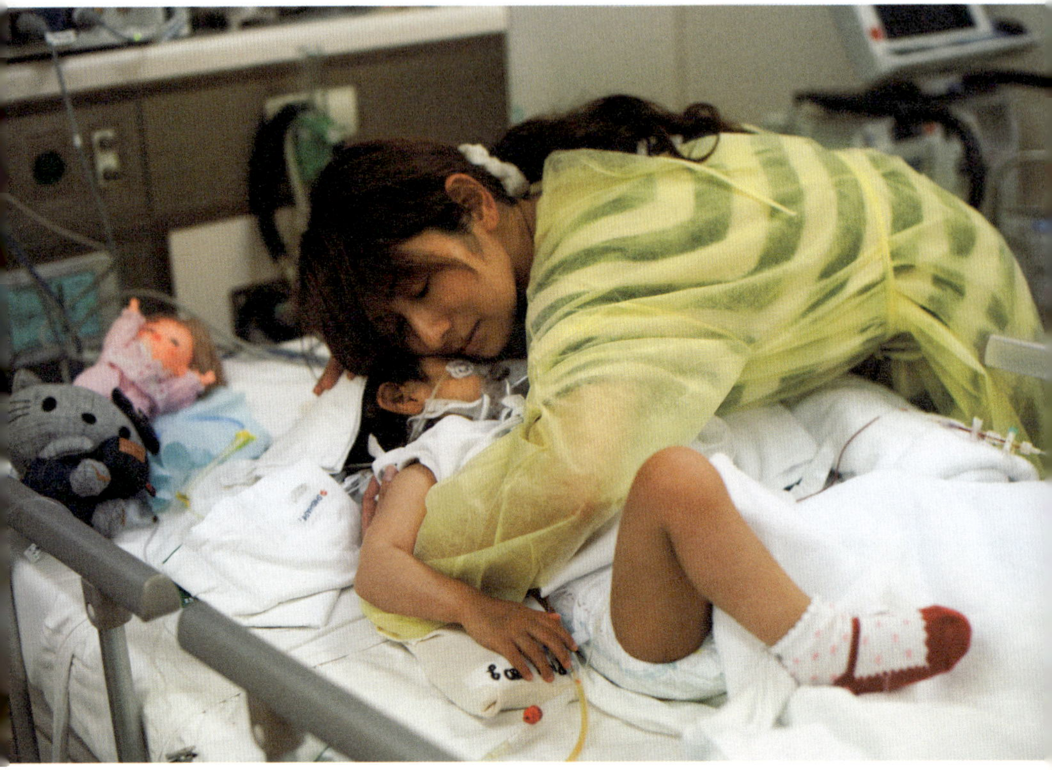

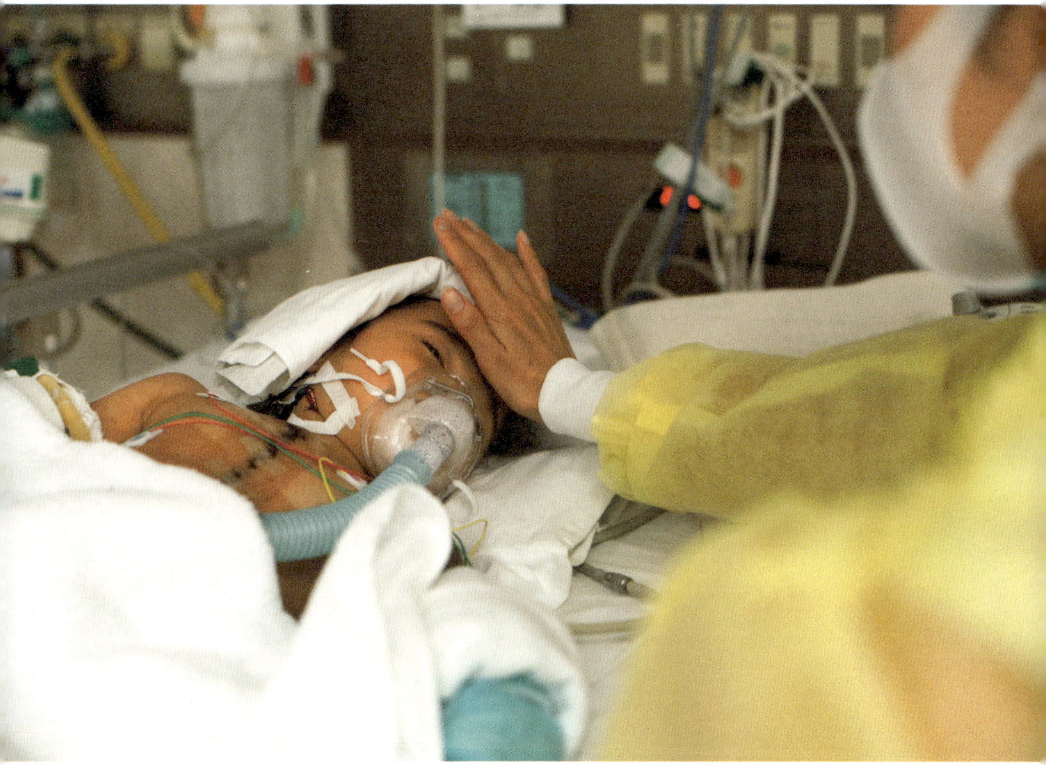

2011-06-07

爸爸非常非常高兴。手术很成功。接下来,你要在重症监护室一个人待一段时间,好好加油哦。

你会寂寞,想"爸爸妈妈为什么不来看我?"其实不是这样的。在你睡着的时候,爸爸和妈妈去看过你好几次。看着你熟睡的样子,还抚摸了你的额头呢。

爸爸也想在你醒着的时候去看你,可是你一定会挣扎着要爸爸抱。宝贝,对不起,你需要静静地躺一段时间。当门里面传来你的声音,爸爸和妈妈转身,回到走廊里。

梦中见,虽然心里很苦。

当我们看着熟睡的你,护士说:"麻醉过去的时候,她一直叫妈妈。"妈妈听了很高兴。

"有没有叫爸爸?"我问护士。

"没有,只叫了妈妈。"

嗯……这个护士真是不会察言观色。

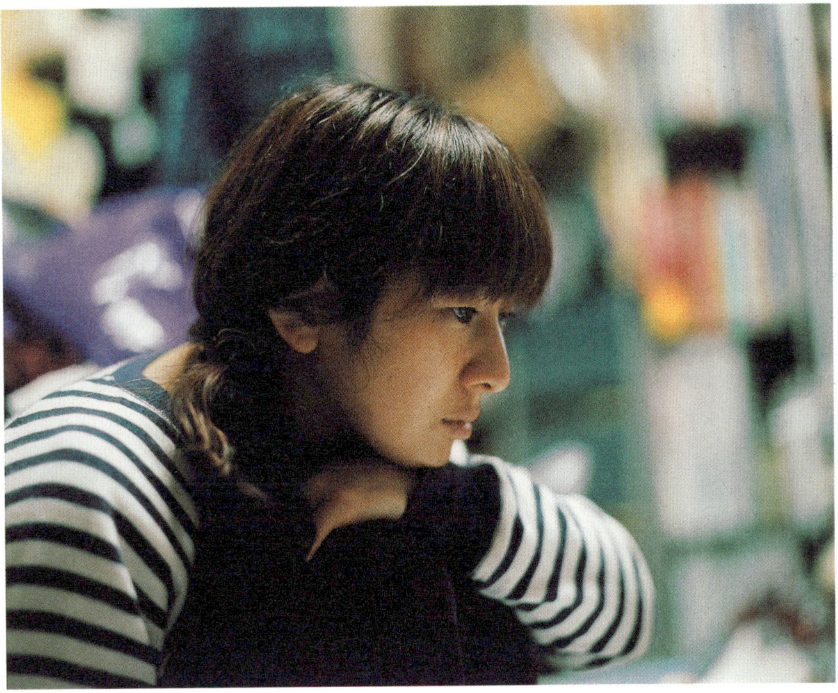

2011-06-11

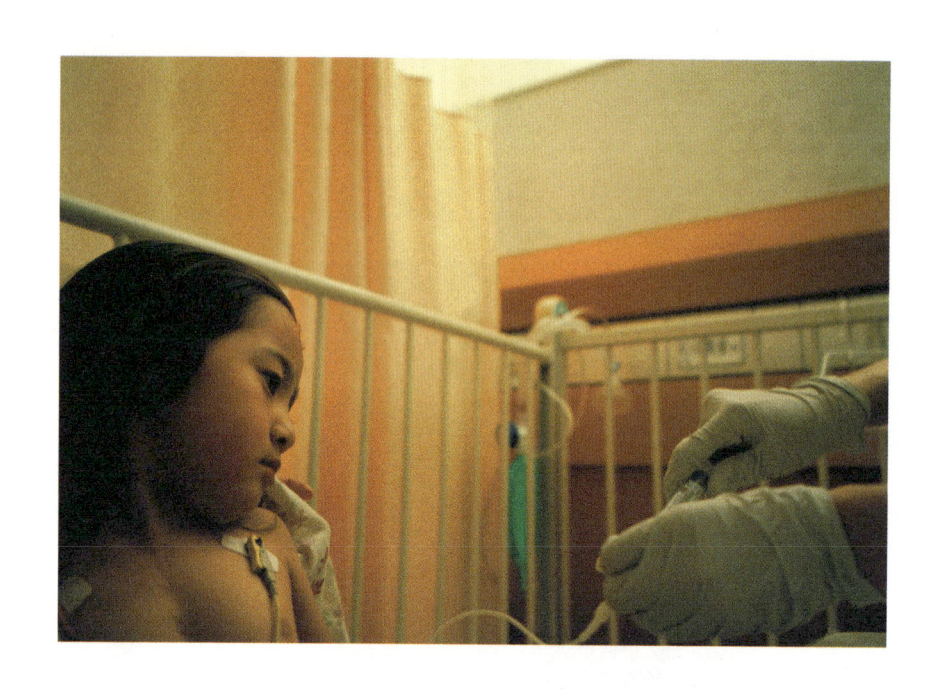

　　爸爸今天从早到晚都在你的身边呢。爸爸忍不住哭了。你说:"爸爸,不要哭……"对不起。护士给我递来了纸巾。

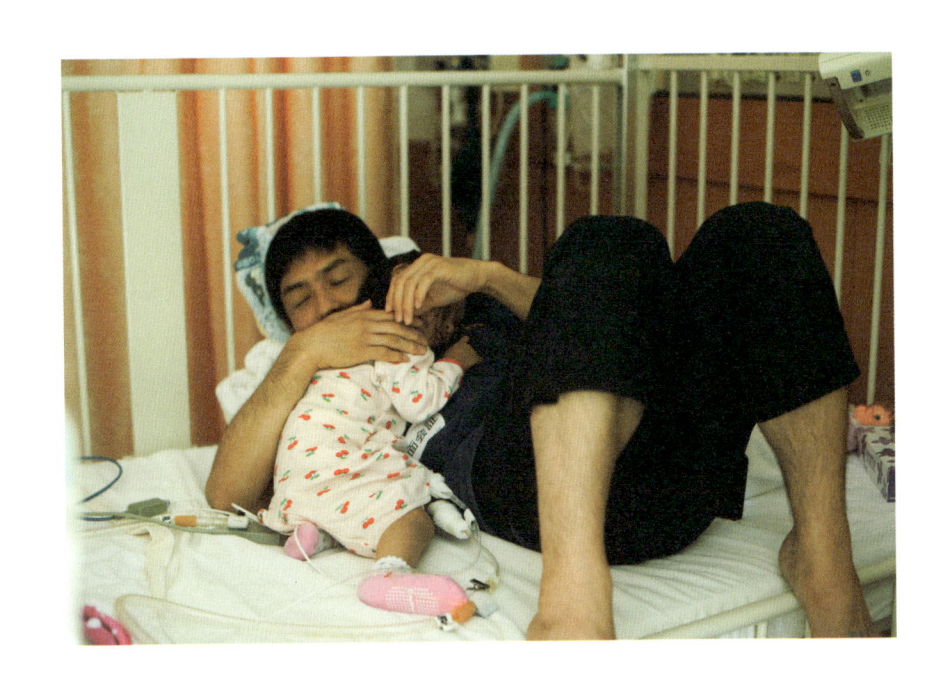

你也哭得厉害,让医生、护士没办法。一般的镇痛剂好像不起作用,医生开了特别的药,让你睡着了。

据说是"一种毒品"哦。你还真是个不良少女呢。

你读高中时可不许抽烟哦!如果同学引诱你,你就说:"抽烟?我两岁就吸毒了,烟就算了吧。"

撒手锏

　　爸爸总算松了口气……你终于从重症监护室出来了。接下来你可以在单人病房和妈妈在一起了。终于可以吃一点儿饭了。

　　可是,这还不是平时活蹦乱跳的你。平时很容易把你逗笑,可是今天你没怎么笑。

　　爸爸一定要见到你的笑容。爸爸使出了撒手锏,平时压箱底的迈克尔·杰克逊模仿秀。

　　激烈的舞步和月球漫步之后,我把手放在两腿之间,"哇哦……"

　　这下你终于微笑了,小声地模仿着,"哇哦……"
　　爸爸本来想趁热打铁再来一次。
　　"喂!房间里有摄像头,护士能看见!"
　　被妈妈这么一说,舞步只好停了。

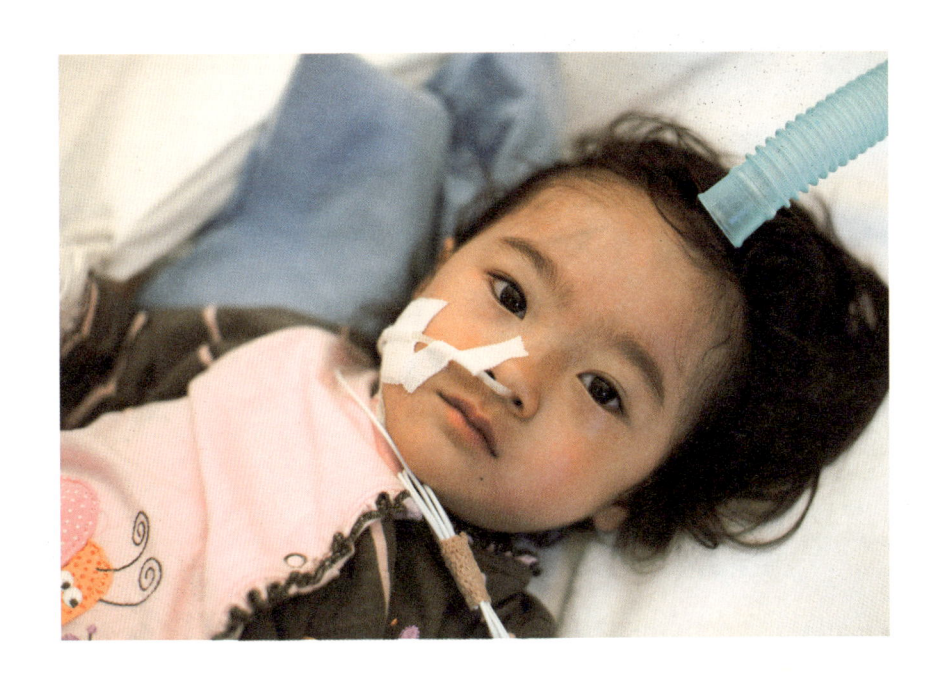

在重症监护室，爸爸也拍了许多照片。在公园玩的时候你很好看，做完手术你也一样好看。

这是到单人病房之后拍的。虽然你的鼻子里插了导管，但美女毕竟是美女呀。

2011-06-18

今天你的情况很好呀。恢复元气之后,你果然又开始调皮了,把左手打点滴的罩布咬得破破烂烂。

罩布上面,护士每次都会写上一句话。

这张是手术前拍的。

"小真优,加油哦!"

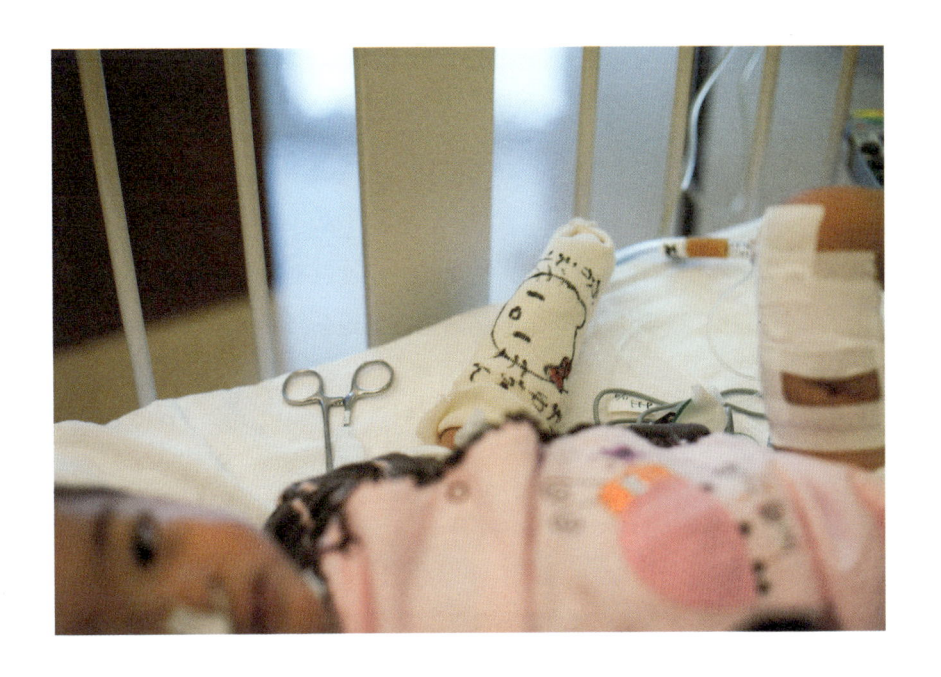

这张是手术之后的。
"小真优,平安归来!"

出院的时候,要认认真真地对护士说"谢谢"哦。你的生命像一根即将断掉的线,医生把线接好了,护士让这根线变粗壮了。
爸爸下辈子一定要好好学习,成为一名医生。

2011-06-20

　　今天你的暴力没完没了，爸爸彻底没招。午睡醒来之后，你情绪很差，爸爸想抱你，被你对着脸又打又踢，脑袋被你踢得嗡嗡响。你简直是个家暴姑娘。爸爸甚至感觉还被你啪啪地打脸了。

　　你是在哪里学会的打人、踢人？爸爸和妈妈从来没有这样对待过你。

　　你这种危险的状态持续了大约一个小时。爸爸都快哭了。你忽然和爸爸脸贴脸了，这是你特有的道歉方式吧。

　　好久没被姑娘打脸了。
　　爸爸年轻时经历的事可不少哦。

2011-06-22

　　昨天没有见到你。爸爸也住院了，在另一家医院做肘部的手术。我望着手术室的天花板想你，手术室的天花板你看过七次呢。
　　爸爸是第四次做手术，已经不害怕了，但是全身麻醉使意识模糊的时候，爸爸祈祷："让我还能见到真优……"
　　做肘部手术的医生可能会觉得，这个格斗家胆子可真小。

　　再一次醒过来的时候，手术已经做完了。
　　"啊，又可以见到真优了。"爸爸很高兴。
　　出院之后直接去见你。

　　爸爸认为，"身体只是工具"。身体是实现自己梦想的工具。就像画家使用的笔一样，就算笔用破旧了，画的画好看就行了。

　　爸爸也会用现在的身体努力工作。

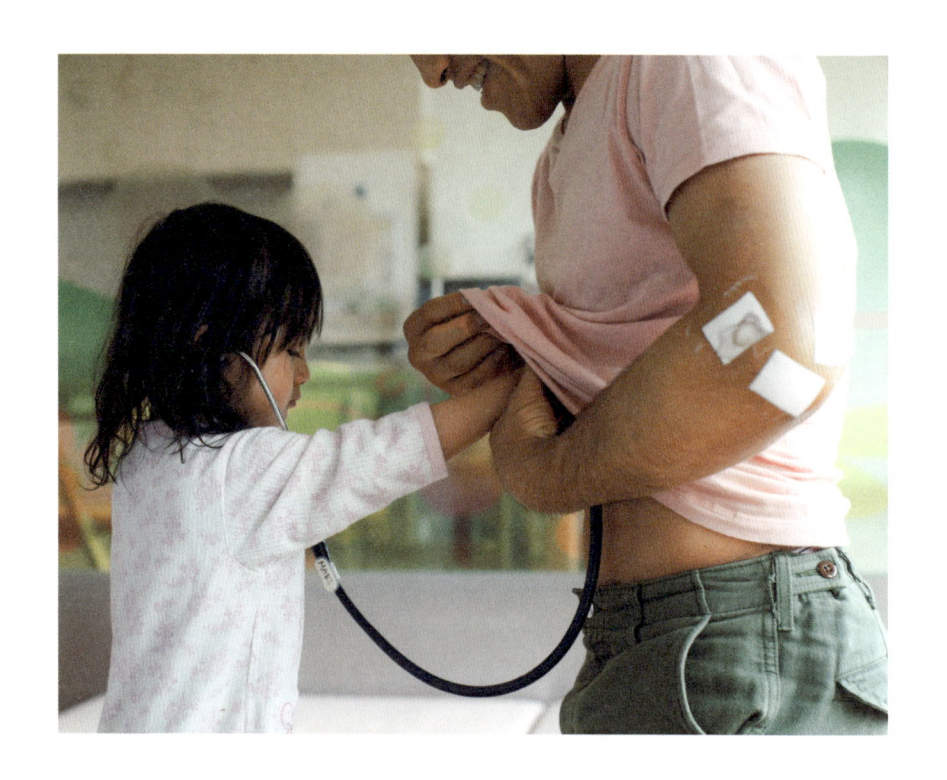

旧货

有好几次,爸爸想过把自己的心脏和你交换。
可是我的已经用了三十六年,肯定还是你的心脏好啊。

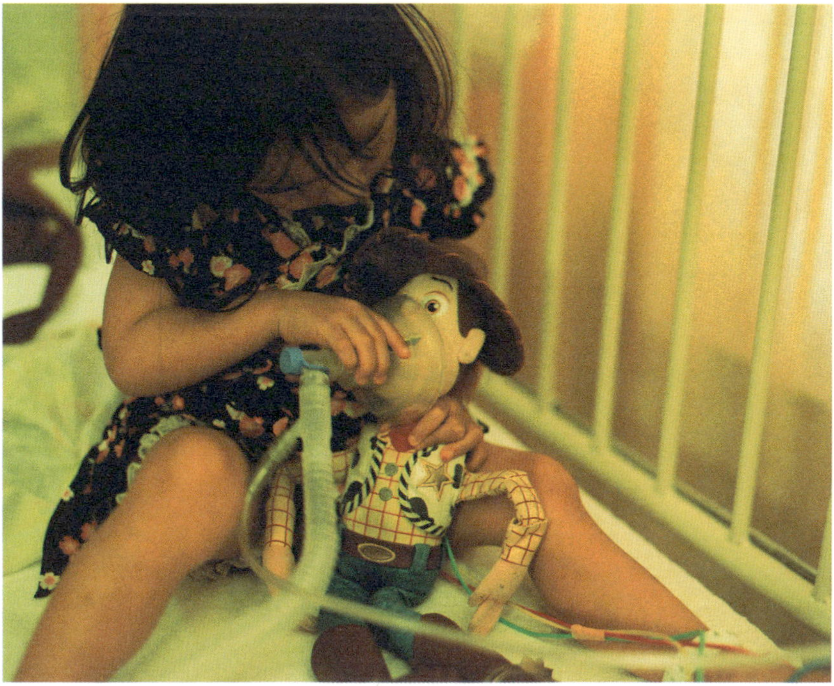

报复

爸爸担心你是不是讨厌我。虽然手术是为了你好，可是你并不明白。有时候你醒过来，发现身体被绑在病床上，身上插满了导管。身体的痛，心里的苦，你经历了好多回。

"谁伤害真优，绝对把他打个片甲不留。"爸爸总是说得好听，但这种时候什么也做不了，只能摸摸头。爸爸的心里也苦呀。

你住进单人病房，脖子上的点滴也拿掉了。今天，医生允许你坐起来，可是你和手术前有点儿不一样。

你不像以前那样要我抱抱，只顾着看电视。你还在生气吗？肚子应该饿了吧？你什么都不肯吃。不用说，今天也没有亲爸爸。

你肯定是在报复爸爸。明天你就忍不住，要爸爸抱了。

冲刺

今天不能去见你，抱歉。

我收到妈妈的邮件，听说你从单人间换到双人间了。这么说离出院不远了，马上就可以三个人手挽手走出那个房间了。

其实爸爸一直没有回家，你住院这些天，都是睡在道场的沙发上。你和妈妈不在家，爸爸找不到回去的理由，回去只会感到孤单。

你出院之后，爸爸要尽量在你睡觉前回家。你住院之前，有好几次，爸爸回家，离家还有二十米就听见你响亮的笑声。

一听见你的声音，爸爸总是朝着家门口冲刺，想在你的笑声停息之前打开房门。

这样的日子，以后每天都会有吧。

感无量

爸爸很高兴。不对,是比高兴还无限感慨的"感无量"。感无量,是大人用的词。

明天早晨,终于要出院了。

在大型比赛中得到金牌,坐电车回家的时候,爸爸会感慨:"啊,终于结束了,好在获胜了。"这就是感无量。爸爸现在的心情就像那样。可是,就算在世界比赛中取胜,也没有现在的感无量来得重大。

感谢支持我们的所有人。其中,最努力的,是你。

走吧,我们回家啦。

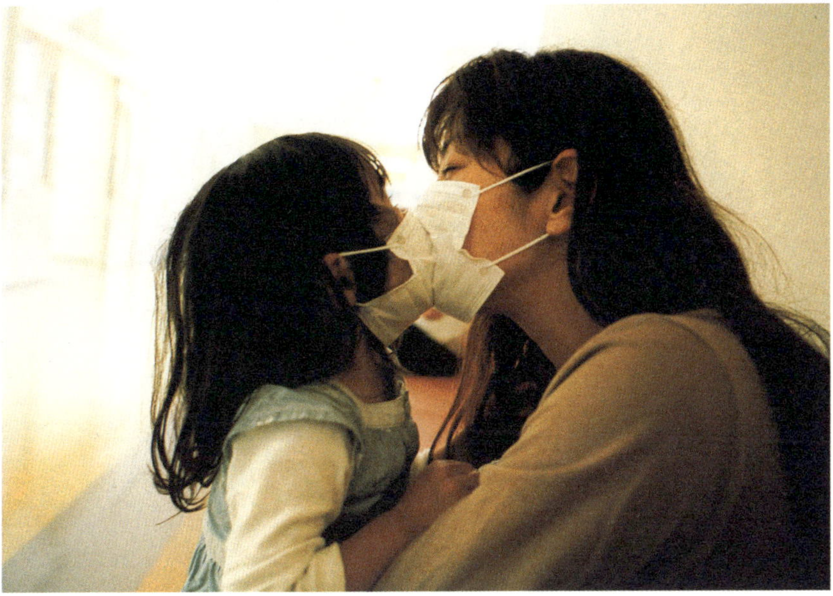

2011-06-28

祝贺出院。你出院了，爸爸很高兴。

但是，爸爸今天的心情很复杂。在另一家医院里，爸爸一直鼓励的一个孩子死了。那个孩子和他的爸爸，你和爸爸，本来应该好好的，没有任何事发生……

想见你

因为你,爸爸经历了许多事。

你住院的时候,我认识了同一栋楼的小男孩,大概十岁左右。他总是独自玩黑白棋,一个人既走白棋,也走黑棋。

他的家可能住得很远。他妈妈总是中午来看他,表情很疲倦。

"妈妈,明天什么时候来?"
"两点吧……"
"能一点五十分来吗?"
"好的,我一点五十分来。"
"一点四十分呢?"
"嗯,那就一点四十分。"

他想早点儿见到妈妈,早一点儿都好。爸爸忘不了那个男孩。

为了让那样的男孩能和妈妈一起住在医院,爸爸打算去做公益志愿者。

是的,这是爸爸的小宣传。被你看穿了?

早安

　　这段时间，你走路有力气了。第三次手术之前，你走上十米的距离，就痛苦地咳个不停。
　　所以，只要你能正常地走路，爸爸就幸福了。你能睡在自家的床上，而不是医院的病床，这就让爸爸幸福了。

　　爸爸每天晚上很晚回家，不用说，你已经睡了。
　　爸爸把卧室的拉门推开一点儿，看看躺在床上的你。我久久地看着，看见你的肚子鼓起来、瘪下去，确认你还活着。

　　接着，爸爸悄悄地爬到旁边的床上，小心不吵醒你。在心里默默地感谢拯救你生命的医生和护士，然后闭上眼，熟睡到天亮。

　　早晨，你的亲吻和"爸爸，起床啦"唤醒我。
　　偶尔被你踩到胯下，惨叫着醒来……

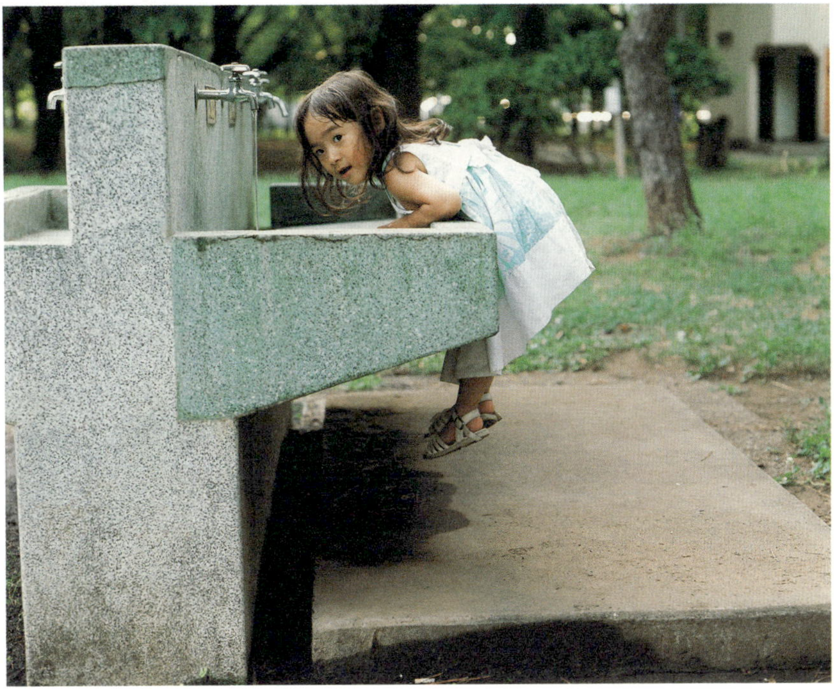

你的称谓

　　爸爸看到政府寄来的通知，很高兴。你已经不是"病残儿（一级）"了。
　　接下来，你是变成二级，还是三级，还是完全摆脱病残儿的标记……爸爸不知道。

总而言之，你比手术前好多了。

"残疾"这个称谓会伴随你一生吗？最近，也有"病残""残障"的说法。哪个更好呢？你自己选吧。

今后，你的心灵也会受到伤害吧。

不用担心身体的时候，就要担心心灵了。

爸爸觉得,你是四叶草一样的女孩子。

你的心脏是畸形?突然变异?没有人知道。

在三叶草丛中,只有你是四叶草。和别人相比,你的形状有点儿与众不同。

爸爸在原野上走，你在爸爸的脚边摇曳。大家在找你，可是找不到。因为，爸爸已经把你带回家了。

四叶草的花语是"Be mine"（成为我的）。

是的，你是我的。

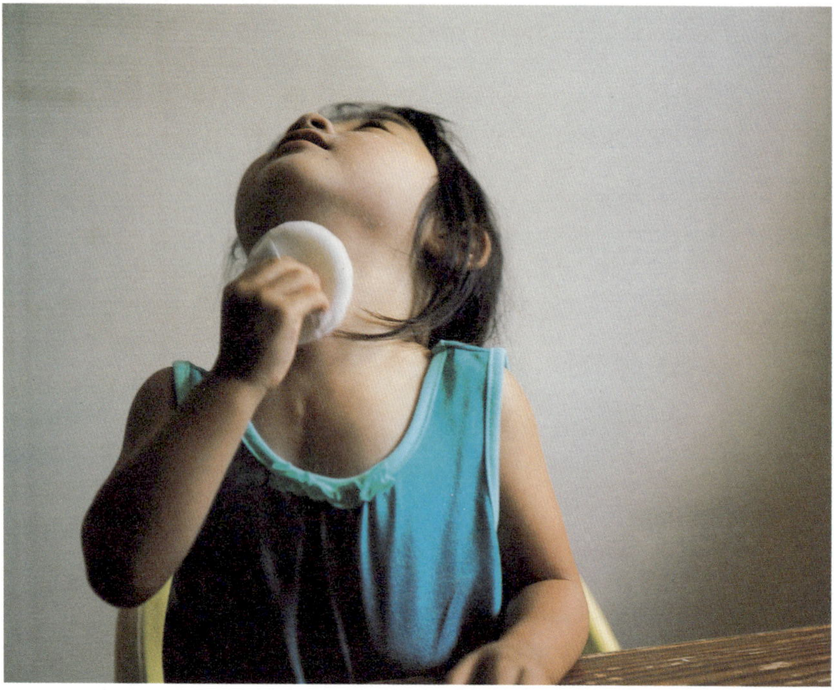

我会全部告诉你

有时候，我会想到你胸前的伤口。伤口十分显眼，陌生人见了肯定会被吓到。

你偶然触摸到胸前的伤口，会说："这是医生预防接种留下的吗？"

最近电视里放小朋友心脏手术的节目，爸爸觉得不应该让你看。可是你看着电视，给他们鼓劲。"加油！加油！"你还是懂的。

是的，医生给你治了心脏。爸爸一点儿都不会隐瞒，等你稍微长大一点儿，我会把一切告诉你。你够坚强，能够接受这个事实。

需要变得更坚强的，是爸爸。

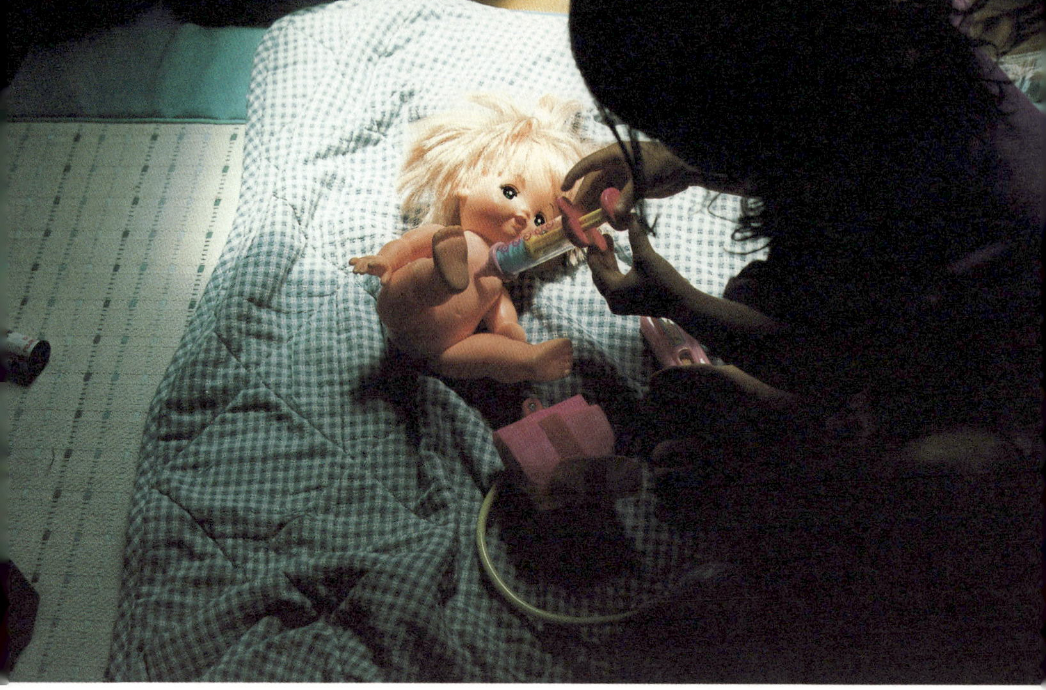

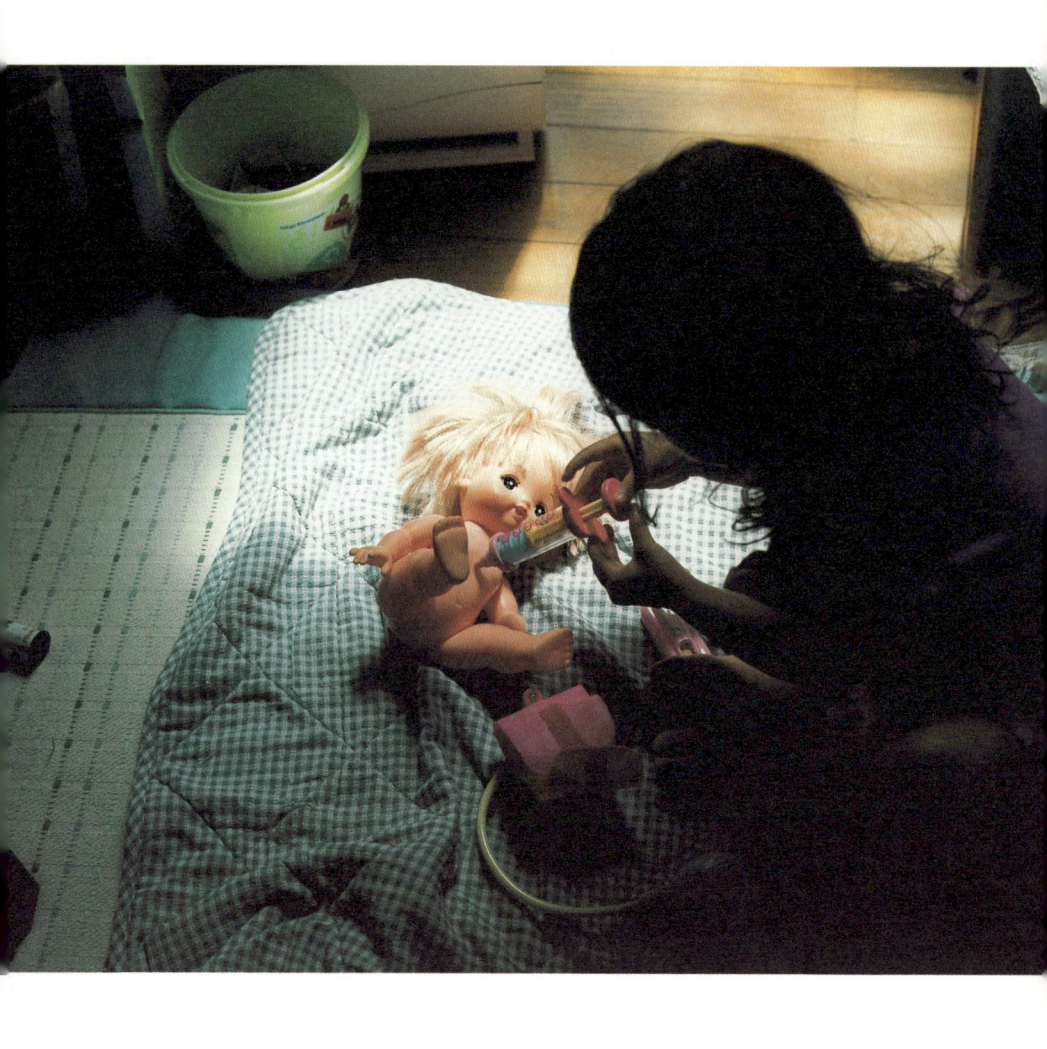

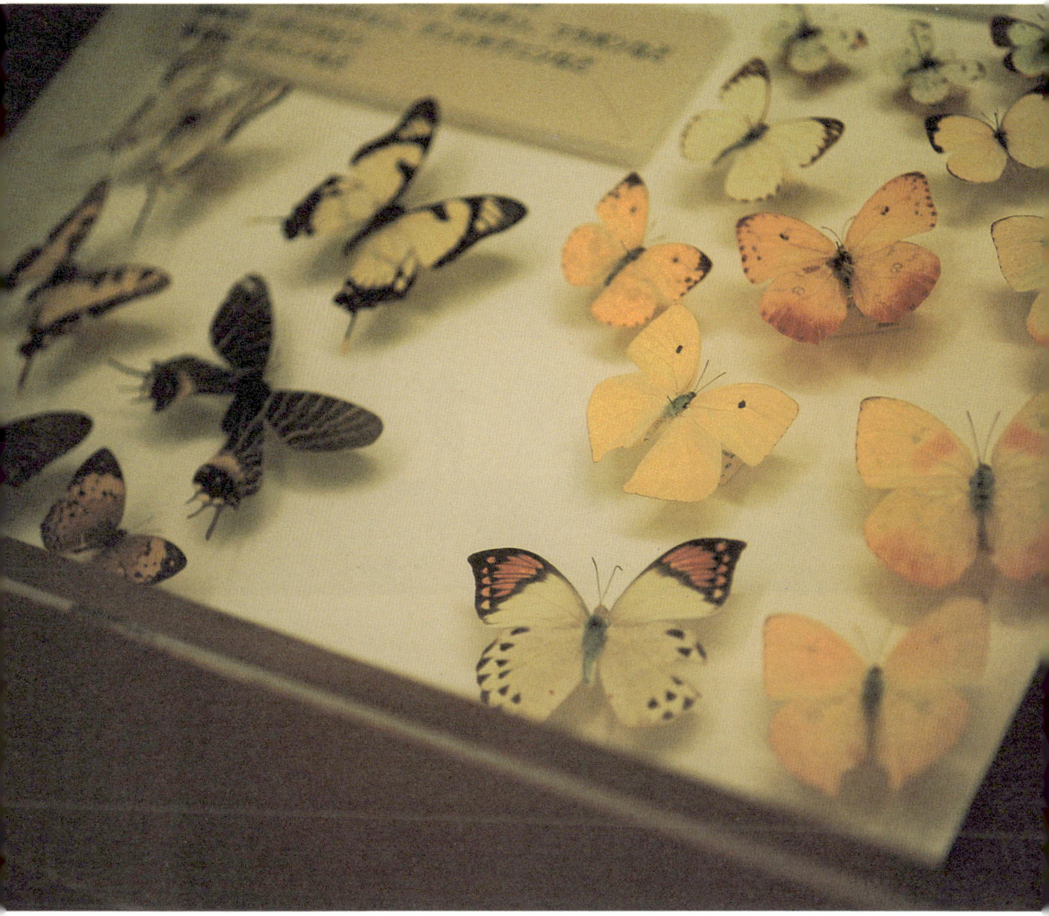

最后一片拼图

　　自从你出生之后，爸爸好像变了个人。妈妈和爸爸的学生有时这么说。可能，是往好的方面变了吧。

你出生之前,爸爸的心没有"根",飘飘忽忽的,总觉得自己的心里缺了点儿什么。你的出生,"啪"的一下填补了爸爸心里那块空白。

你像最后那一片拼图,来得正好。

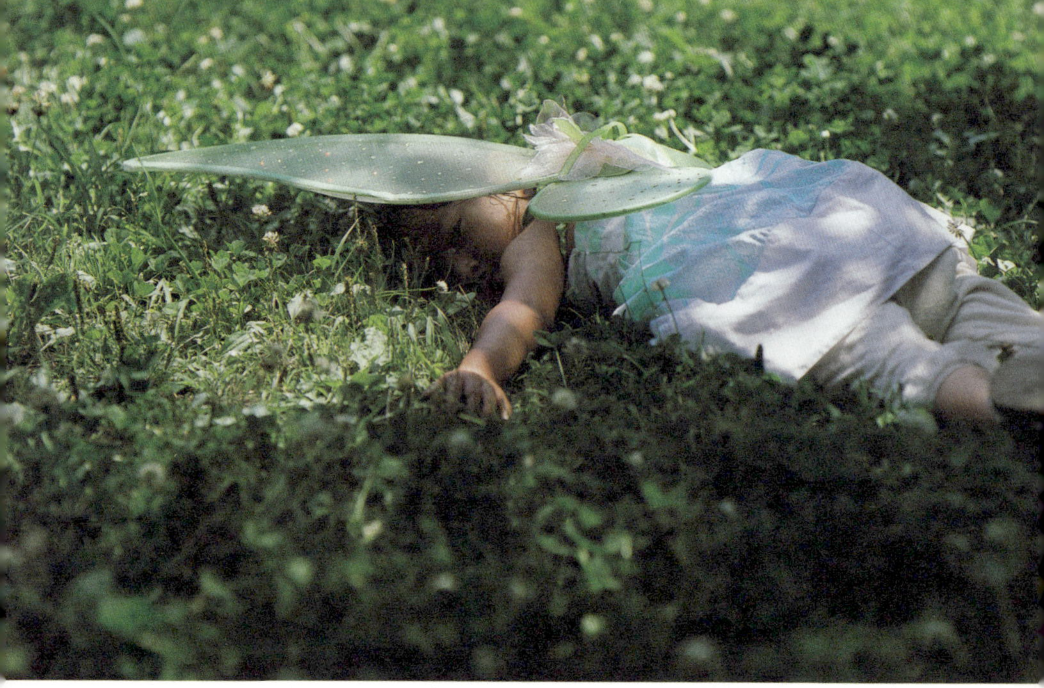

活着

　　爸爸期待和你一起去迪士尼乐园。我负责排队占位，只要能看到你的笑容就足够了。

　　即使去迪士尼也不能忘了重要的事……就是吃药。一天三次，以后要一直持续。你把药吐出来的时候，爸爸和妈妈会骂的哦。这真的是一件非常重要的事。

　　吃完药，你精力旺盛地到处跑。没有人会想到，你是吃过治疗心脏的药的女孩。

　　这是一个画中的幸福家庭，没有任何问题……可是，仅仅是看上去而已。不出错，才能够幸福。

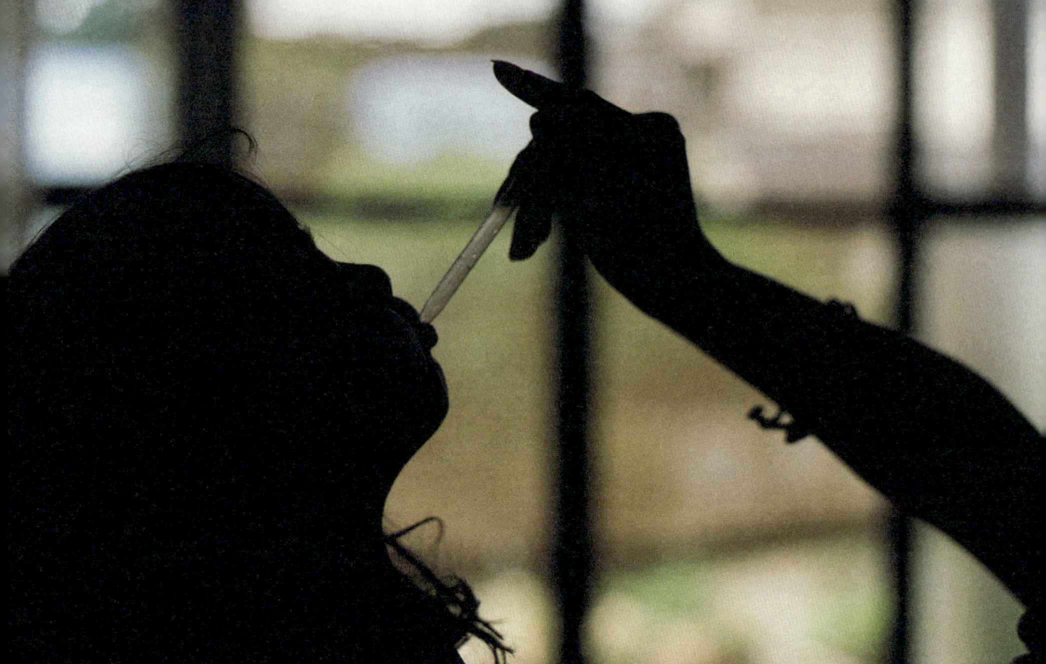

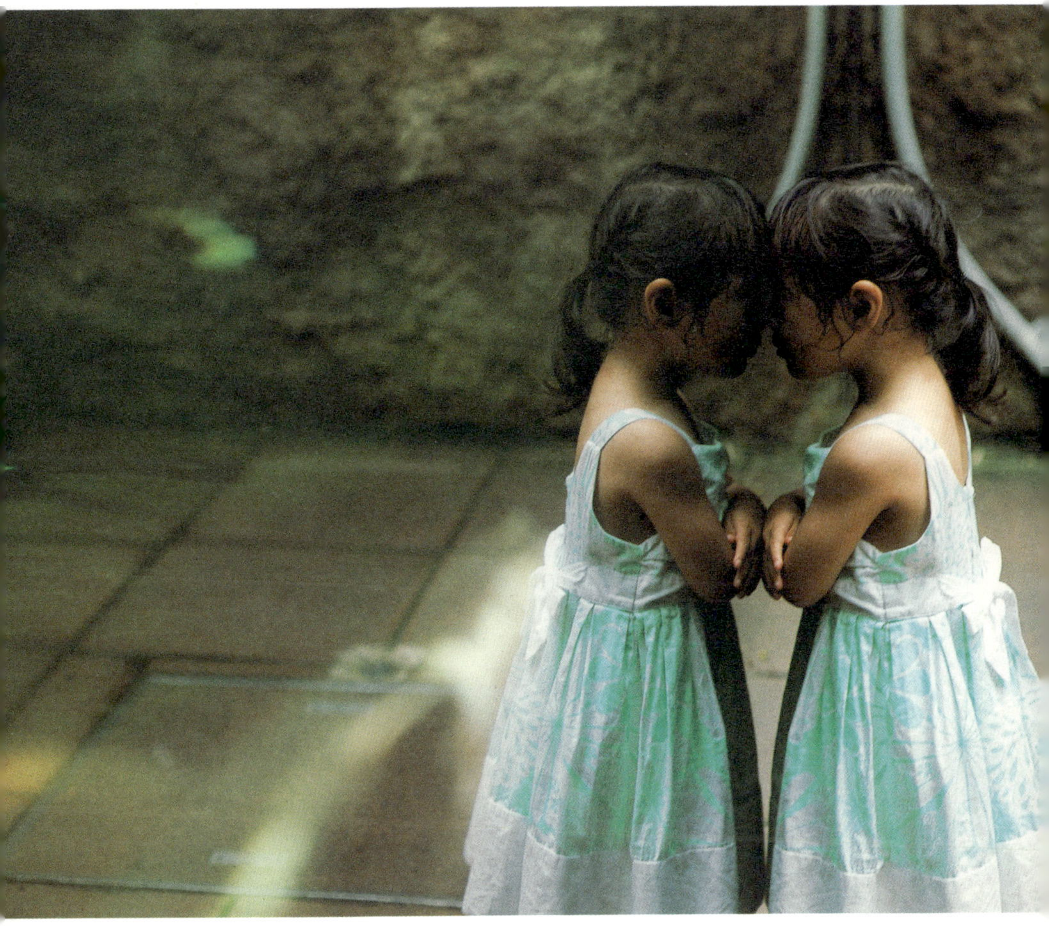

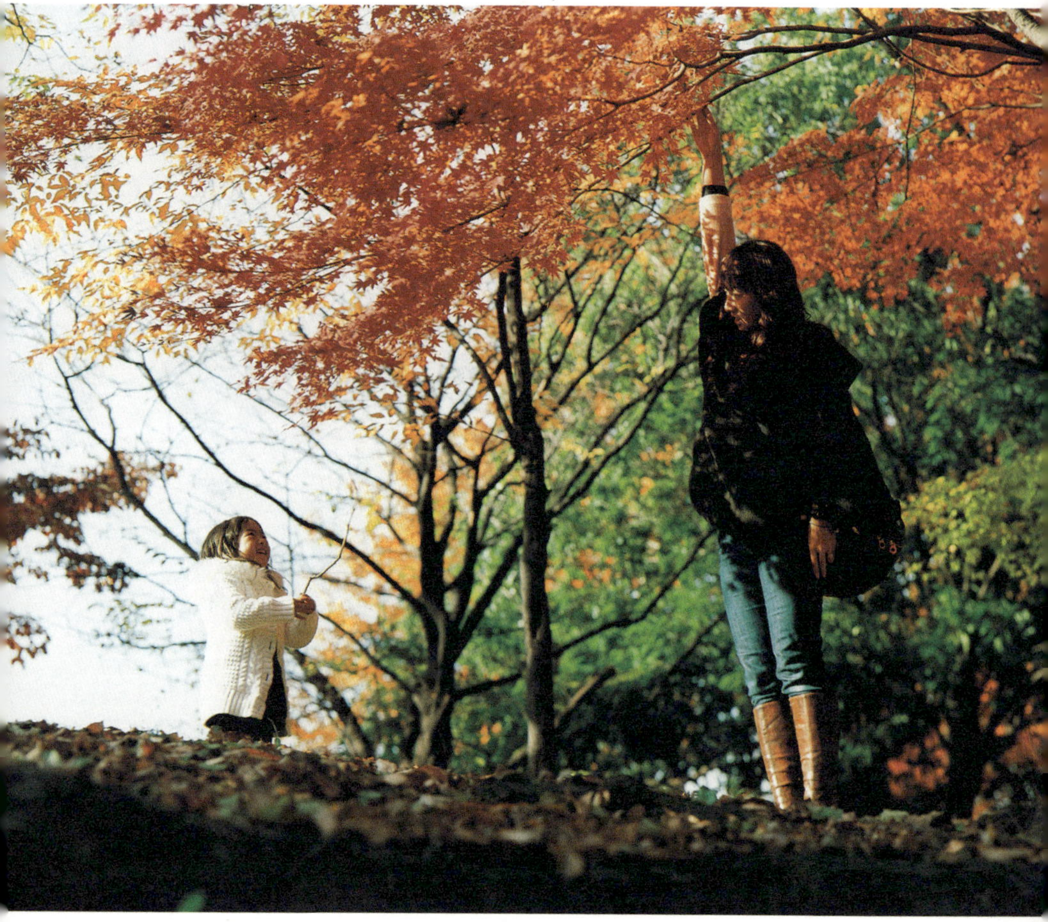

天空的颜色

　　爸爸基本上是个怕麻烦的人,"家里蹲"。你知道"家里蹲"是什么意思吗?就是不爱出门。不上班的时候完全待在家里,喝喝咖啡,看看书,要么就看影碟……就是这样生活着,直到你出生为止。

　　因为有了你和相机,爸爸开始喜欢上出门。银杏和枫叶不是一直都很美,有机会就应该立即出门。

　　可是,我现在连相机都懒得拿了。昨天晚上很累,把重重的相机拿回家很辛苦,于是放在了道场。今天早晨打开窗,看见碧蓝碧蓝的天空。就算在家门前的巷子,也想给你拍照。真应该把相机带回来……爸爸好后悔。

　　你出生之前,爸爸没有注意过天空的颜色,光顾着看着柏油马路走路。要感谢你的,有很多。

这不是借口

爸爸算是一个"格斗家",在你出生之前参加过很多比赛。你生下来之后,爸爸几乎没有参加比赛。

不仅如此,爸爸今年快三十七岁了,身上有很多老伤,不能像以前那样运动。如果和年轻的顶尖选手比试,爸爸肯定很快被打败。

如果你生下来就很健康,爸爸可能和以前一样,远赴海外,拼命练习,参加很多比赛。老实说,有时候想起这些,爸爸有些后悔。有一段时间,爸爸斗志很高,想成为黑带,开自己的道场,和全世界高手过招。

爸爸没有放弃,无法放弃。我要站在高级别赛场的领奖台上,把你抱上去。爸爸想听你说:"爸爸,祝贺你,你好棒!"

为了这一天,爸爸准备像以前那样,接受严格的训练。

在健身房的跑步机上，爸爸的心跳数和心脏图标一起显示在液晶屏上。每当我看着它，就想起你在医院里一直携带的心跳测量仪。

我恨我健康的心脏，心里很难受。

我再也跑不动时，会按下跑步机的"停止"键，然后考虑是不是放弃格斗。几乎每天都是这样。

我应该跨出这一步了。

我不想继续对你编借口，说什么"如果不是因为你生下来就患病"。这样说对不起你。

爸爸在比赛的时候，可不是平常低眉顺眼的样子。你看见专心投入的爸爸，或许会重新喜欢上爸爸的。

心

　　爸爸非常高兴。你在情人节给我做了巧克力。说是做巧克力，其实只是最后加了些点缀。即便这样，爸爸也真的很高兴。以后每年都要给我做巧克力哦。

因为，情人节是你的生日。对爸爸来说，这是一年中最重要的日子。

那是心形的巧克力。
你的心脏形状和别人不太一样。那也很好，是一颗努力工作的心脏啊。

略微脱焦

爸爸的腰最近很疼，怎么办呢？

爸爸的相机很大，重得不得了。拍完十张就要换胶卷，买胶卷、冲晒胶卷也很费钱。和能装在口袋里的数码相机比起来，实在是麻烦。可是，爸爸还是喜欢用胶卷相机给你拍照。用类似祈祷的心情，一击之下把你收进相机里。就是这种心情。

被藏进相机的你，一周以后装在照相馆的信封里回来了。我等不及回家再看，总是在电车里就打开来。也不管别人怎么看我，爸爸看着照片，乐滋滋的。

看到对焦准确、你笑嘻嘻的照片，我很高兴。看到脱焦的，只好苦笑，技术还有待提高……

肯定还有你闭眼睛的照片。

前些时还有照片中途曝光了……

即使是这样，所有的照片都让人喜爱。

有些照片，如果数码相机拍了也许会删掉。这些都是无法参赛获奖的照片，但是爸爸喜欢，因为你好不容易才来到这个人世上。

不完美很好。完美的,很无趣。

以前,爸爸认为数码相机那样的人生才是理想。这样的爸爸,得到了略微脱焦的你。然后,爸爸的人生变得像胶卷相机。

爸爸喜欢这样的人生。

以后也要做爸爸的御用模特哦,拜托了!

RUBY'S
BAR & GRILL
GIFT SHOP
Nathan's
THE FLAVOR OF NEW YORK SINCE 1916

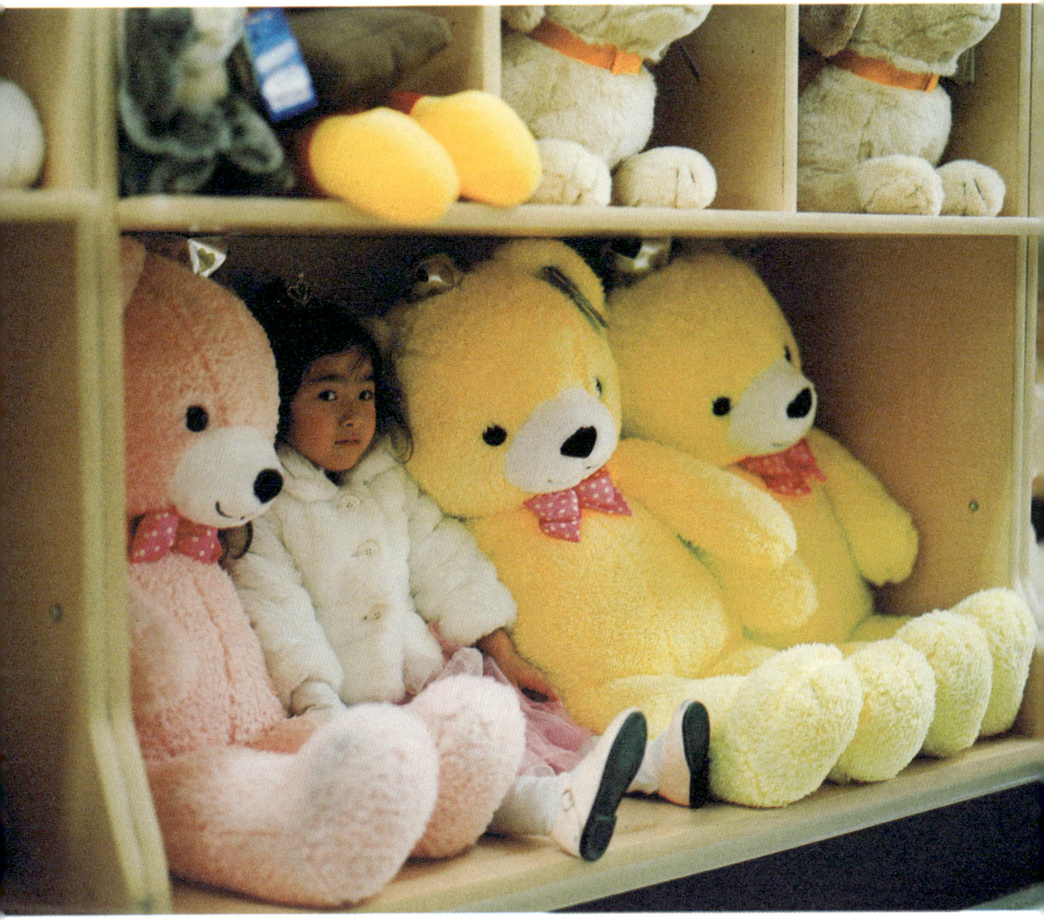

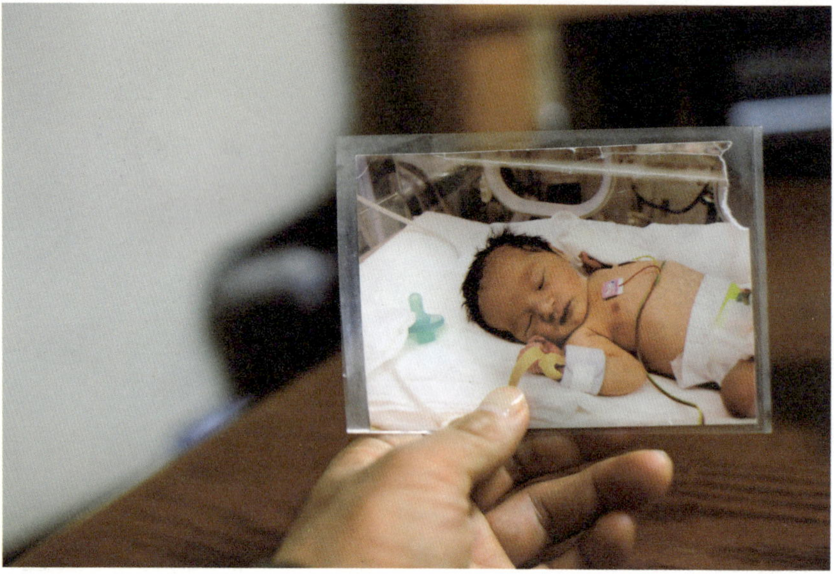

肩并肩

很久没有看这张照片。拍这张照片的不是爸爸。你出生第二天,拍下了这张照片,是知道你的心脏有问题的那天早晨。

你在出生的医院被宣告"我们没有办法医治",紧急送往东大医院,在等救护车的时候,产科的医生突然拿着单反相机跑过来。
"拍一张照片吧……"
他给你拍了一张照片,就是这一张。

"也许这是最后一张照片……"

我觉得,这张照片一定是出于那样的意图。

你和爸爸坐上救护车开往东大医院,医生立即开始检查,爸爸在走廊里浑身颤抖。大概等了两个小时,小儿科的 K 医生对我解释病情。

第一句话是:"命保住了。不过,最少要做三次手术。"

如果如实地写下爸爸当时的心情，可以说既高兴又伤心。那时候的爸爸，还没有成为一个爸爸。

K医生花了一个半小时向爸爸解释你的心脏问题。

昨天刚刚生下你的妈妈也硬撑着从生你的医院赶来，走路的样子很怪，像螃蟹一样。

爸爸最先对妈妈说的是："做三次手术就没事了。"

妈妈哭了。她开心，开心地哭了。妈妈已经成为了一个妈妈。

妈妈只哭过那一次。很厉害吧。你做手术的时候她也没有哭。到今天，爸爸几乎没有一天没有哭过。我被你妈妈说过："别抽抽搭搭的，你哭才不是为了真优，就只是觉得自己可怜吧。"

打那之后，爸爸开始仰望你妈妈了。

K医生又花了一个半小时向妈妈说明同样的问题。

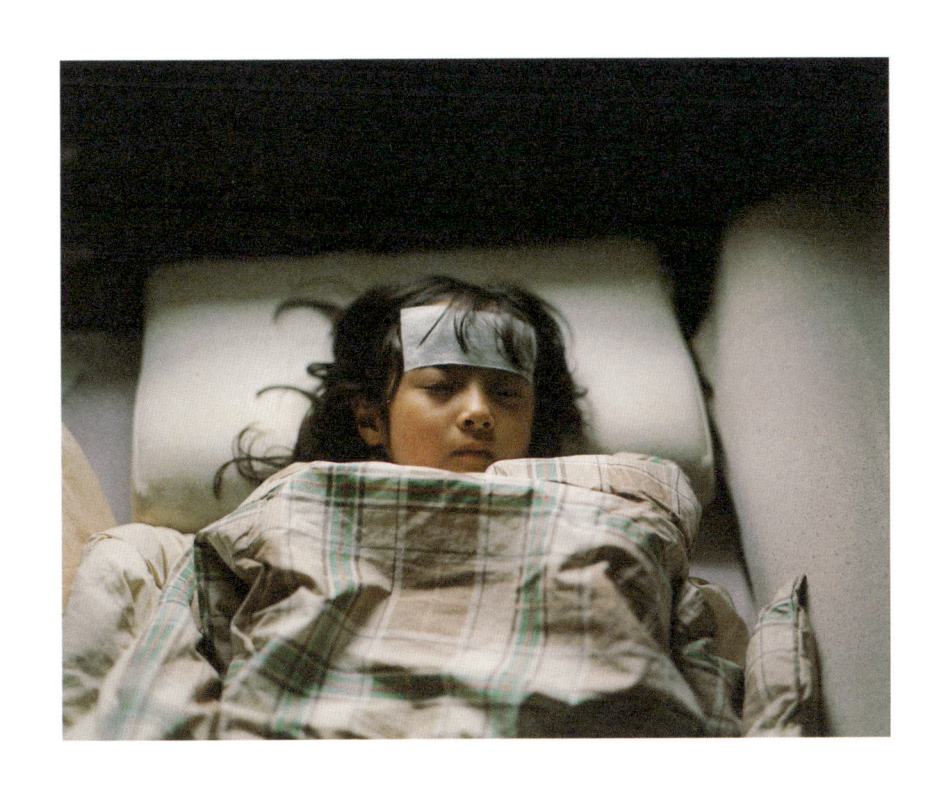

昨天是爸爸和妈妈的结婚纪念日。本来计划在我们举办婚礼的餐厅一起吃饭,可你突然发烧,三个人去了东大医院。检查结果是感冒,我们都放心了,在塔利咖啡吃了饭。

吃饭的时候，妈妈看见 K 医生从旁边经过。
妈妈想起那天的事，流下了泪。爸爸很少看见妈妈流泪。

你坐在我们中间，忽然搂住我们的脖子用力拉向自己。我们三个人好像橄榄球队员肩并肩搂在一起，我们并肩哭泣了呢。

奄美大岛

　　爸爸是个当机立断的人，不过，过后常常会后悔。

　　春天一到，你忽然开始揉眼睛，鼻涕止不住，晚上也睡不好。我担心又出问题。耳鼻喉科的诊断是"花粉症"，而且很严重。爸爸当机立断："马上去没有花粉的地方！逃难去！"两天之后，你和妈妈就在冲绳的奄美大岛了。

　　爸爸也想去，可是还有工作，不能一起去。你们在奄美大岛待了一个月呢。最后的十天，爸爸和你们在一起。

　　托了花粉症的福，来了趟原本没有安排的旅行。旅行很棒吧。在旅行的时候，爸爸的心也比平时单纯。对爸爸来说，重要的是什么呢？是让你过怎样的人生啊。

　　爸爸最重要的是家庭，在东京的时候爸爸就明白，只是旅行的时候感觉更加真实。三个人坐在空无一人的沙滩上，看着寄居蟹哈哈大笑的时候，我觉得那种幸福是最好的。

希望你拥有充满爱意的愉快的人生。这不难吧。

真正的优

爸爸一天会叫很多次你的名字。Mayu 写成汉字是"真优"。我想你成为一个真正优雅、和善的人。不要虚假的优雅、和善。希望你把真正的优雅、和善给予他人。

爸爸有尊敬的人。他是一直负责你的治疗的东大医院的 O 医生。我从他身上学到了真正的优雅、和善。

第二次手术之前,爸爸带你去检查。医生像往常一样,用机器检测你体内的血氧饱和度。

平常都是 70% 左右,按照这样的水平,即使是正常的成年人也没有生命危险。

可是那天检测了几次,显示的都是 50% 左右,爸爸非常担心。

O 医生把机器扔到病床上,说:"嗯……这个机器坏了,今天不用测了。"

"坏了就换别的机器呀！"爸爸心想。可是，医生真的已经放弃了。爸爸很生气，心里抱怨："怎么碰上这么一个马虎医生。"

几天之后，你住院三天，接受手术前的检查。按照规定，你要先回家，过几天再来医院做手术。医生微笑着对爸爸妈妈说："回家很麻烦吧？不出院，等着做手术怎么样？"

爸爸的怒气还没有消。
"你早点儿说，也好早点儿做住院的准备啊。怎么现在才突然说。"
后来你还是没有出院，做了第二次手术。

爸爸总是对妈妈说，那个医生我不喜欢。态度又不和气，不管问他什么，回答总是"哦，没事的"。你也好好听听别人怎么说呀！

现在回想起来真是难为情。那台机器其实没有坏，那时候你的血氧饱和度确实很低。

医生故意没有说，血氧饱和度相当低。他可能看穿了爸爸的性格，知道如果听到这个消息，爸爸肯定要崩溃。

你是爸爸的第一个孩子，可是医生见过几百个像你这样的孩子和家庭，爸爸心里想什么，他都一清二楚。为了不让爸爸妈妈担心，他愿意做被讨厌的坏人。

不回家，继续住院直到做手术应该也是相同的原因。在大学的附属医院，"回家麻烦所以住院"根本说不通，你的身体状态应该是到了必须住院观察的程度。

我明白这些是很久以后的事了。那时候O医生已经转去另一家医院工作。

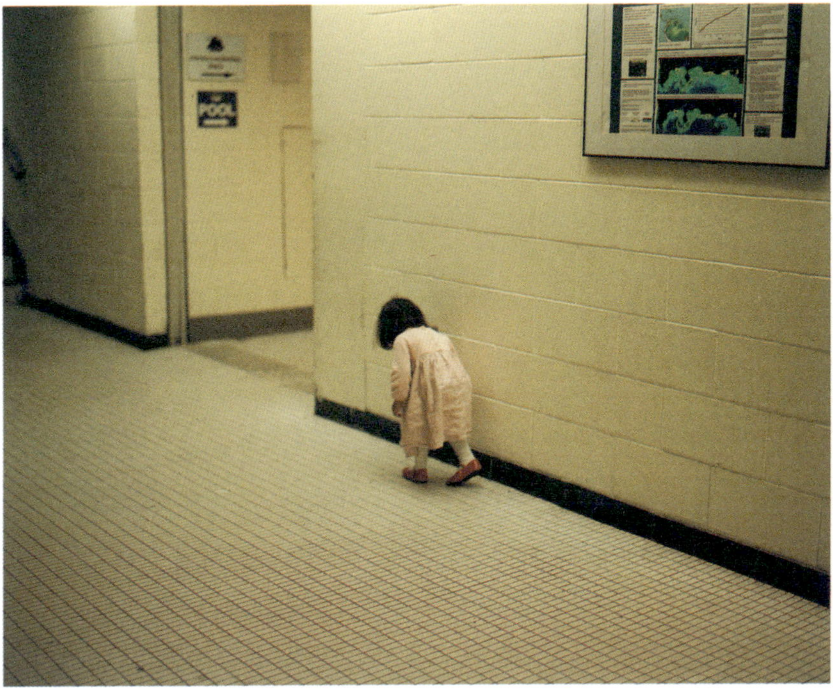
POOL

爸爸是很害羞的人，受别人邀请，办过一次摄影展。爸爸买了便签纸，给O医生写了邀请信。他应该很忙吧，我写的时候没指望他来。

摄影展持续了一个星期。爸爸每天从早到晚都在画廊里，有很多人来看爸爸拍的照片。爸爸连午饭都没有出去吃，一直待在里面。万一O医生来了呢……

摄影展临近结束的一天夜里，画廊的门被推开，O医生来了。

"我正好到这附近，就顺便来了。"O医生不停地解释。可是，他认真地看了每一幅照片，然后匆匆忙忙地走了。

不只是O医生，外科的K医生、T医生也来了。能让他们看看你出院之后的照片，真是件好事。

爸爸拍的照片不是什么艺术，只不过拍了你的照片，也不希望获得什么好评。我只在意，用语言无法表达的谢意，有没有通过照片传达给医生们。

世界上有很多虚假的优雅和善意,不要被它们欺骗。嗯,爸爸也是大人,有时候也会这样。但是对于应该珍惜的人,一定要付出真正的善意。说得真实了,当时可能会引起反感,没关系,对方以后一定会明白的。

以后我想邀请O医生参加你的婚礼,他一定会来。然后,他会说:"我正好到这附近,就顺便来了。"

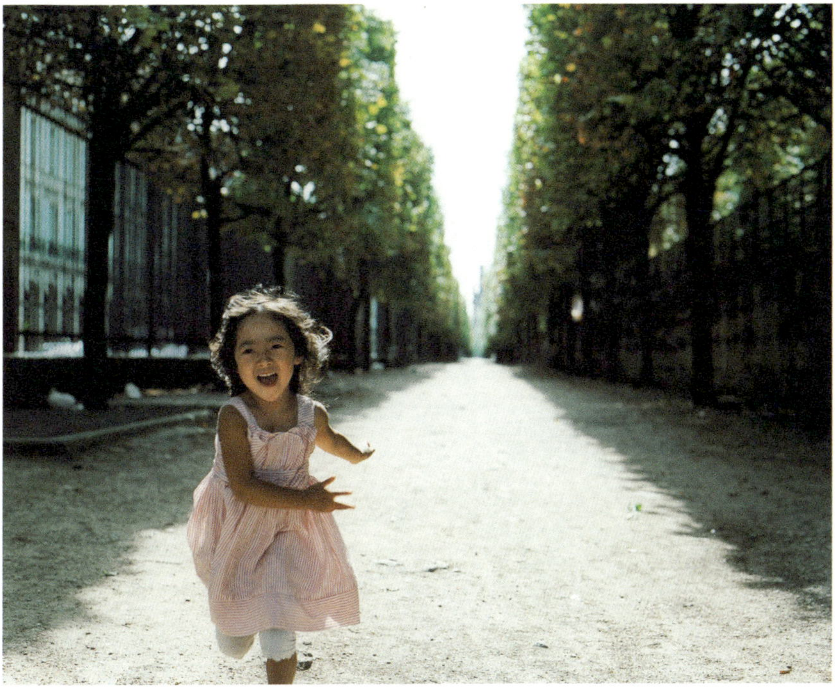

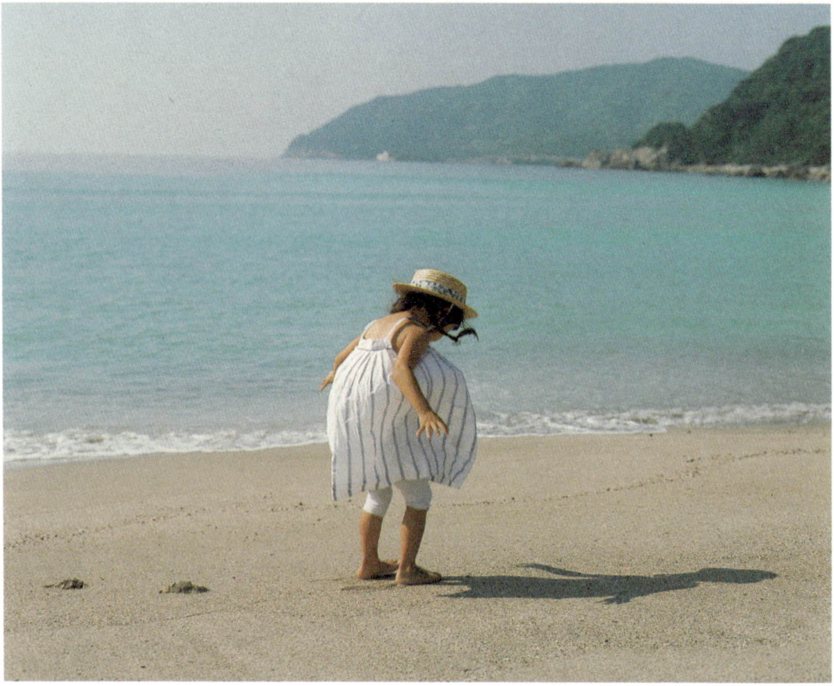

旅人

有些夜晚感到不安，因为你的身体。让我听着你的呼吸思考一下，虽然思考也得不出任何结论。

我只想着和你再去旅行，一起到陌生的城市走走。虽然，不知道为什么要这样。

去旅行时，调整工作很不容易。可是我想，没有人会在临死时后悔遗憾："啊，我想多做些工作！"爸爸不是为了工作而生，也不是为了柔道而生，而是为了成为你的爸爸活到现在。我现在是这么想的。

和你得同样疾病的孩子，有很多医生叮嘱他们不能坐飞机，因为气压变化对心脏不好。心脏外科的医生看到你在海外拍的照片，非常惊讶。不过你的主治医生说："没事，去吧，去哪儿都可以。"我们走吧，以后也要一直旅行。

我们去旅行，是旅行，不是观光。

相逢是财富

　　爸爸喜欢上了伦敦。街道清洁，最好的是有许多大公园。以后我们再去，好吗?

爸爸在伦敦见了很多朋友，差不多每天都有朋友带我们去各处游玩。

爸爸在伦敦很想见一个人——卡尔罗伯伯，他离开日本移居伦敦，差不多三年了。

我告诉你,爸爸是怎么认识卡尔罗伯伯的。爸爸是巴西柔术的教练,也练习过一点儿传统柔道。爸爸去的道场非常严格,老爷爷教练看到爸爸染的黄头发,生气地说:"你还是日本人吗?"

卡尔罗伯伯和爸爸在同一个道场,刚刚开始学习柔道。他的表情很严肃,爸爸一直没有和他说过话。

有一天,老爷爷教练开玩笑地说卡尔罗伯伯的日语糟糕,学员们也跟着一起笑他。爸爸不喜欢这样,因为爸爸在美国留学的时候也吃过语言的苦头。卡尔罗伯伯看上去又羞又恼。

练习结束后,爸爸在更衣室看到卡尔罗伯伯在换衣服,他的背影很孤单,他会不会从此不来道场了呢?

爸爸对他说:"老爷爷教练虽然说话不好听,其实是个很好的人。"

卡尔罗伯伯的表情变得开朗起来,从那以后,爸爸和他成为了朋友。

伯伯做生意很成功，他为爸爸担心，爸爸只知道练习柔道，没有任何将来的打算。他劝爸爸开自己的道场，并在很多方面帮助爸爸。

你生下来马上住进了重症监护室，爸爸和妈妈要戴上口罩、手套，穿上无菌服才能进去看你。第二天的时候，护士说有外国人来找我。

我走出重症监护室，看见卡尔罗伯伯手捧鲜花站在走廊里。他抱住还穿着无菌服的爸爸，放声大哭，爸爸也大声地哭了。

伯伯听说你的病情，立刻离开办公室，打车来到了医院。他日语不好，只知道爸爸的名字。医院这么大，能找到重症监护室肯定费了不少工夫。有些善意是在远处守望，爸爸喜欢卡尔罗伯伯这种直截了当的善意。

终于能在伦敦见到卡尔罗了。七年前在更衣室开始的旅行，终于可以告一段落了。

爸爸没有什么积蓄。拥有的财富仅仅是通过格斗技能认识的人和家庭，但是这些已经足够了。

爸爸对格斗非常认真，不想在柔道垫子上撒谎。怎样战斗就是怎样生活，把所有的袒露出来，赤条条地和人交往，所以爸爸遇见了许多好人。你也要找到能够倾注热情的事情啊。

爸爸有一句喜欢的话：CARPE DIEM

这是拉丁语，意思是"活在当下"。

昨天不可追，明天不可知，所以要珍重现在。只有现在，才是真实的。

啊……爸爸又想和你去旅行了。

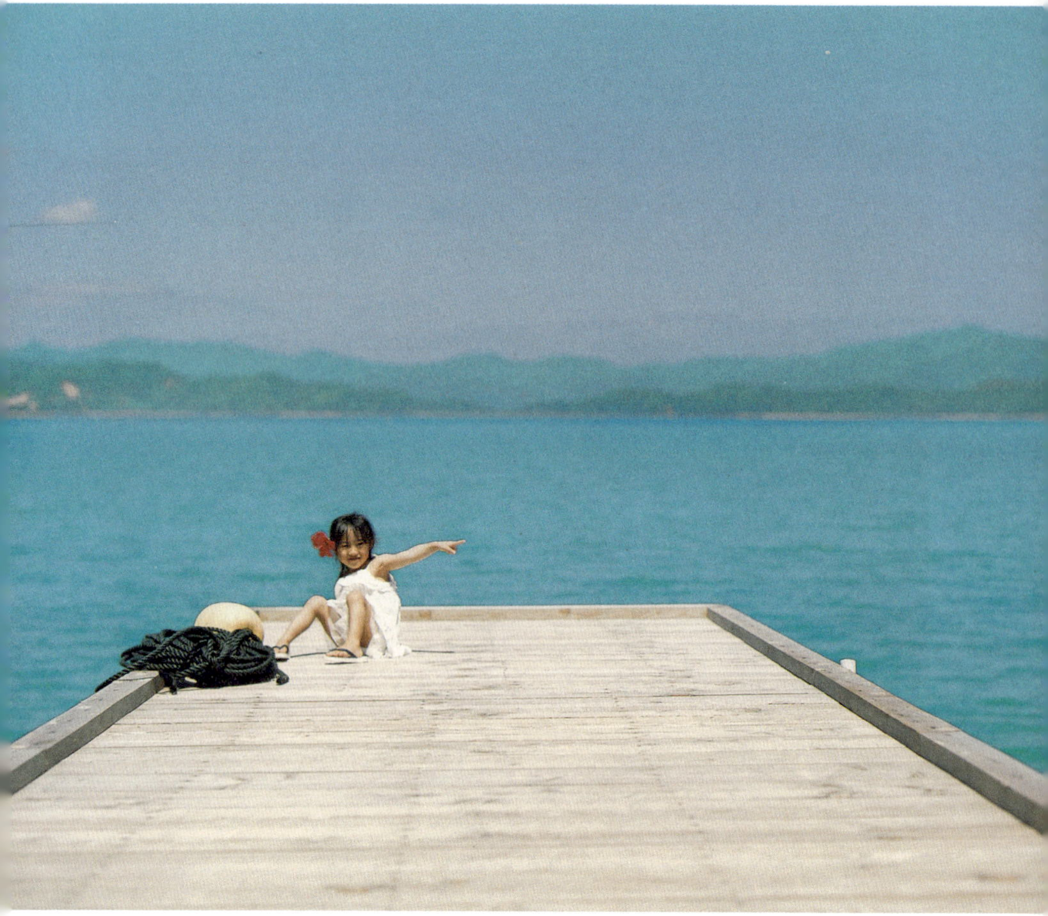

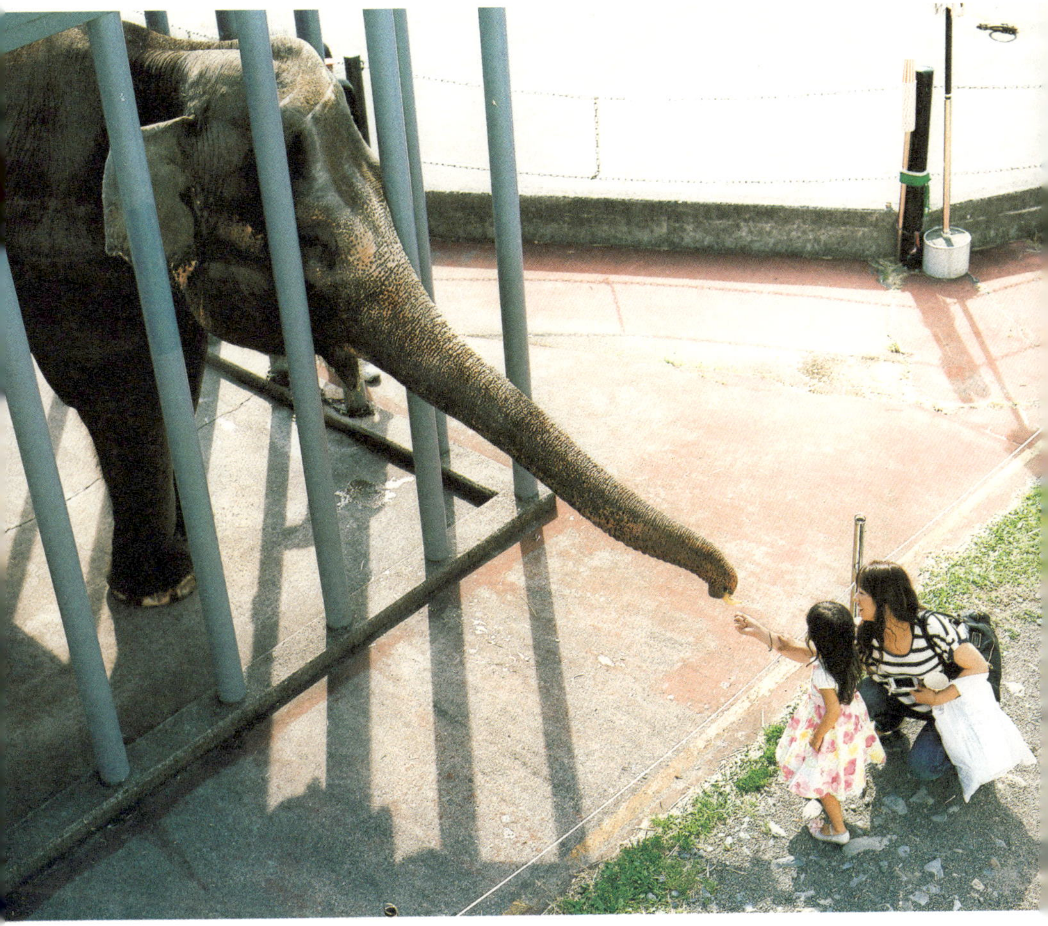

反抗期

爸爸感觉有点儿累……妈妈也是。你开始进入了反抗期，大人的话一点儿也不听。最头疼的是不吃饭，一骂就哭，大吵大闹……反复这样。你的身体很瘦小，不吃饭，爸爸妈妈不放心啊。

"不听话就把你的玩具扔掉！"

"吃饭就给你买零食！"

"不听话爸爸就不喜欢了！"

怎么说都没效果。你再不听话，爸爸妈妈也没办法不喜欢你，你心知肚明，真狡猾。

之前你还没有进入反抗期，也不是，你一直做手术、去医院，爸爸妈妈也许没有觉察到。

爸爸和妈妈心里想的只是"活下来就好，那就足够了"，根本没有时间思考要你成为一个乖孩子。

每当爸爸看见你胸前的伤口，爸爸的想法依然是"感谢你活下来"。只是有点儿忘记了从前的心情，也许吧。

爸爸对你的"绝招"没辙。爸爸骂你的时候,你看着爸爸的眼睛。

"爸爸生气也很帅……"这是你的策略。

狡猾!犯规!

爸爸忍不住娘娘腔起来:"哪里哪里,别这么说嘛……"这下,妈妈又要怪我了。

挑战滑雪

　　爸爸不太喜欢寒冷的地方。所以，冬天去北海道不是爸爸的主意。是妈妈说，一定要在积雪上玩滑雪板。

爸爸对冬季运动没有一点儿兴趣，陪妈妈去过几次滑雪场，玩滑雪板，自己一次也没有玩过。又冷，又怕受伤，万一受伤，会给道场的人添麻烦。而且，妈妈滑雪板玩得好，我才不想跟她学呢。

我们送你去了滑雪班，爸爸在远处看着你上滑雪课。第一次学滑雪很难吧，你摔倒了好多次。

我看你努力学习滑雪，有一个重大发现！你肯定很快就能滑雪，和妈妈两个人在真正的滑雪场滑雪。那时候爸爸干什么呢？在酒店房间里一个人看书？我才不要！

爸爸立刻开始学滑雪，老老实实地接受妈妈的指导。

爸爸摔了许多跟头，和你一样。没有想到，格斗中的"快速起身"在这里派上了用场……在滑雪板上站稳都很难。

妈妈的指导是斯巴达式的，第一天学就带我到斜得可怕的雪坡上，她是报复我平时对她不好吧……我哪里是滑雪，简直是连滚带爬掉下去的。

最后一天，爸爸让妈妈去了高级雪道，自己在最平缓的"家庭雪道"练习。周围全是小孩子。坐缆车上去时，正好俯视你所在的滑雪班。所有人都戴着头盔和雪镜，但我还是一眼找到了你。因为，有一个小孩离队，被带了回来。

爸爸坐在缆车上，对教练低头道歉："对不起。"

爸爸好像没有滑雪的天分，但是滑得很开心。虽然很笨拙，有几次也能滑得蛮像样了。感觉像在天上飞，吹过脸颊的风很舒服。你好像也喜欢上了滑雪。

你能滑雪到什么时候呢?

你现在没有吃药。过几年,你又要像从前那样每天吃药,医生说,开始吃药就要严格控制容易受伤的运动了。出了血很难止住,这是药的副作用。

以后不能滑雪，现在让你学会是不是很可怜？爸爸不这么想。能做的时候我们一起做！不能做的时候，爸爸希望你想到的是"我做过了"。

到那时候，和爸爸再找其他好玩的事！

很久以前,有一次你检查完身体,在医院里散步的时候,妈妈低声对我说:"为什么世界上有疾病呢?"

爸爸只能回答:"不知道啊……"

不管过去多久,我都会想起那时候的对话。

爸爸现在也不明白,可是,没有必要去弄明白。

爸爸知道的是,现在是滑雪季,要再去两次北海道!

趁还能做,多去尝试。如果你没有生病,爸爸不会学滑雪。我想和你一起在雪道上画出漂亮的弧线。爸爸的词汇很贫乏。我还要咬牙接受妈妈的特训呢。

爸爸弄了一副最新款的滑雪装备。妈妈生气了,说初学者根本用不上。

生日快乐！

为了今天，爸爸做了精心的准备。
祝福！情人节是你的五岁生日。

你五岁了，五岁啦……嗯，你已经五岁了……爸爸很唠叨吧。哈哈哈……你五岁了，祝福你。爸爸十分高兴。谢谢你在这五年，坚持到今天。

爸爸久违地用折纸折了装饰物，还从家居用品商店买了桌椅。为了找到这个好地方费了老大的劲儿，可是，准备的过程很愉快。爸爸妈妈和你做过不少傻事呢。

爸爸希望你在十年后读这本书，那时候你十五岁，是个了不起的初中生了。在小学生和高中生之间，小孩和成人之间，希望你在那时候阅读。
我希望你笑着说："那时候尽干傻事呢！"
初中生的你，肯定有时候无法接受自己的身体。可是，读它，笑吧。笑过之后，如果能稍微想想爸爸，我会很开心。

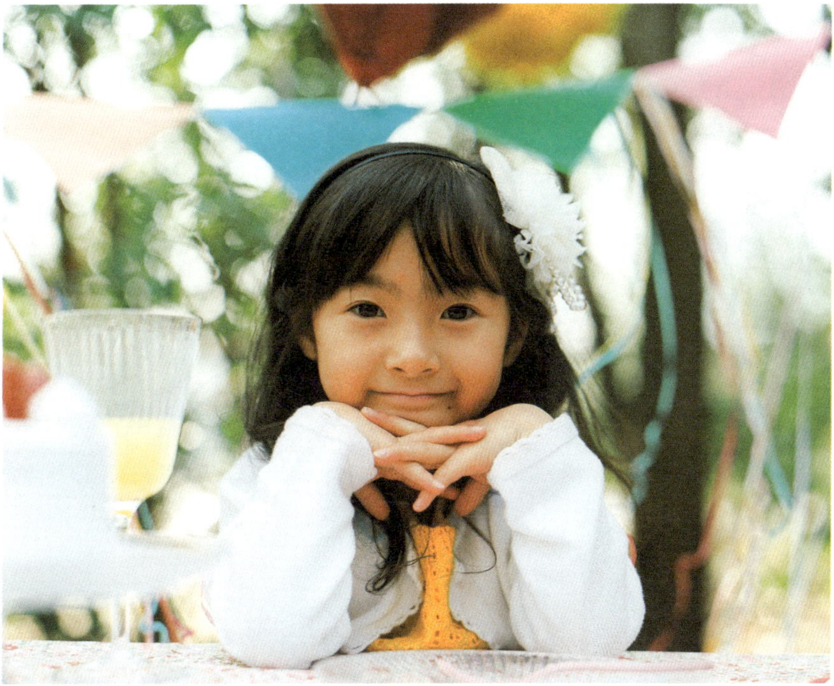

今天机会难得,爸爸准备了三脚架。爸爸偶尔也要在照片里露露脸。爸爸总是拿相机,很少有和你的合影。

设定好定时,按下快门。哎呀,没赶上。拍坏了好几张……这张拍得正好!

这是爸爸妈妈和你，三个人的生日聚会。我们三个人总是在一起，三个人让人放松。爸爸不擅长照顾周围人的情绪，所以我们一直是三个人。

你终于要上幼儿园了，明年的生日，你要带很多朋友来参加哦。

直到今天，爸爸和妈妈从来没有因为外出而把你托付给别人。我们一直都在一起。为了和你在一起，家搬到了道场附近。有没有好好培养你的教养，爸爸完全没有自信。但我们至少一起走到了现在，一起旅行去过很多地方。爸爸和你一起哭过很多次，一起笑过很多次。

你像翩翩飞舞的蝴蝶，爸爸一直在追你。走进茂密的森林，一直追寻着。不知不觉已经来到了山顶，第一次发现了景色的美丽。

蝴蝶还没有捉到。
嗯，你自由地飞向想去的地方吧。

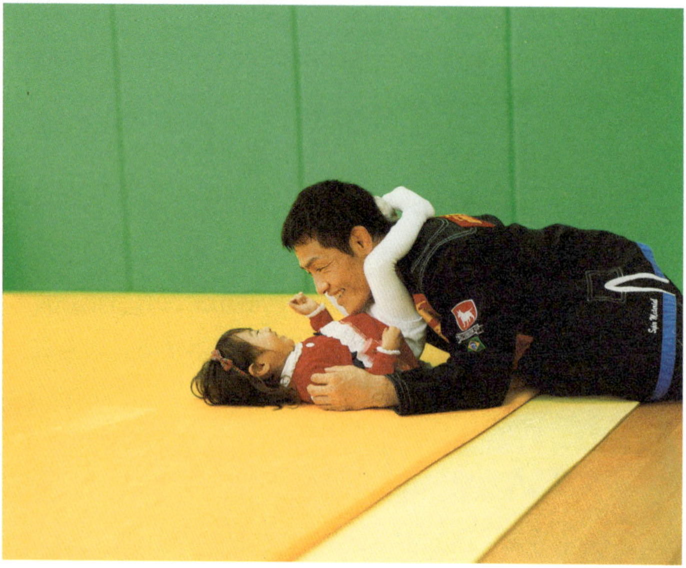

后记

关于书名《爸爸有你就够了》

*日文版书名为"蝶々の心臓"

这一题目曾用于摄影展。我原本就喜欢蝴蝶,它们美丽,有点儿吓人,也很神秘。在世界各国,蝴蝶有时被看作神仙的使节,有时被看作死者的信使,在基督教中,蝴蝶象征着"复活"。

有一次,我好奇蝴蝶有没有心脏,查了才知道蝴蝶也有心脏。它和我们想象的不太一样,是从胸部延伸到腹部的细长的管状器官。扇动翅膀时身体屈伸,依靠这个动作挤出体液。当我了解这些知识后,蝴蝶的心脏的形象和真优的重叠了起来。

她的心脏不好,几乎不具备把血液输送到全身的泵压功能。我们跑步的时候会心跳加速,真优却几乎不会这样,血液只是在滴滴答答流动而已。用专业的讲法,就是血管绕过了心脏,直接连接到肺部,利用肺部和心脏的压力差异进行血液的循环。简单地说,就是从压力高的地方往压力低的地方流动。这一点和心脏没有泵压功能的蝴蝶一样。

蝴蝶让人捉摸不定，我家女儿也是，感觉很像。

知道女儿生病的时候

真优在晚上九点左右出生，听心音的时候我也在旁边。当时医生表情有些不可思议，我牢牢地记得当时的情形。回想起来，她出生时的第一声啼哭也很弱。真优从妈妈身体里出来时，我仿佛听到有人说："别急，心音很弱。"

第二天早晨，女儿转到了NICU，因为发绀全身青紫。听说是护士发现她双手啪嗒啪嗒地动弹，从而察觉了异常。如果发现得晚，肯定就那样离开人世了。真是幸运。之后，医生告诉我们："心脏有问题，心脏的心室形状不正常。"具体的情况不明，所以紧急转院到东大医院。经过检查，医生说："现在可以告诉你们，女儿没事，不过要做三次手术。"我当时很吃惊，怎么要做三次手术？但妻子听说做三次手术就能活下来，竟喜极而泣。我真实地感受到，做父亲的和做母亲的确实不一样。

好在三次手术成功了，真优健康地活着。其实有过心脏骤停、几乎死亡的经历。那是出生两周左右，做完第一次心脏手术之后。

那次手术平安结束，我们都为手术的成功而感到高兴。医生说："你们过三个小时再来看她吧。"我和妻子在东大医院的餐厅里吃饭庆祝。到时间了，我们去看真优。PICU《儿科重症监护室》里非常忙碌，医生正忙于处置。"但愿没发生任何意外。"我心念忽然一闪。还真是我们的孩子。"心脏忽然停跳，血压和脉搏都是零，现在开胸重新做手术。"医生说。

我站在走廊上，几乎失去了知觉。妻子却很镇定，女性真是坚强。时间在流逝，有医生告诉我，如果情况不好转，就要装人工心肺装置，而人工心肺容易产生血栓，血栓如果进入脑部，致残的概率会上升。医生征询我们的意见。"没问题，只要能救她，什么都行。"我说。

手术室里，医生打开你的胸腔，直接用手按摩你幼小的心脏。不知道过了几十分钟还是几个小时……医生告诉我们一个喜讯：正准备装人工心肺的那一瞬间，手指感到了心脏的跳动。如果医生早一刻放弃，你就被装上人工心肺，结果会和现在完全不同。医生妙手回春，真优的心脏又复活了。医生可能做了几十分钟的心脏按摩，我非常感谢他专业的精神。后来，你的病情并不乐观，心脏随时会突然停跳，胸腔保持打开的状态，持续了一周左右的时间。

三次手术

真优做了三次心脏手术："BT分流术""格林手术""方坦手术"。中间还做过插导管等小手术。

以前"格林手术"和"方坦手术"是一次完成的，但是死亡率很高，现在主流的方法是分成几次来做。这是比较新的手术方式，最早接受这种手术的患者，据说现在已经四十几岁了。

手术的事我不太懂。我只知道，我和妻子很幸运，遇见了好医生，值得托付。我们不会做手术，在网上检索，信息多得看不完。有人说自家孩子的手术有效果，有效果说明有的孩子得救了，有的孩子没有。所以，我们把孩子托付给了东大医院的医生们。我认为，如果不信任医生，能治的病也治不好。

开始写博客的契机

这本书原本来自我的博客"爸爸想对你说"。开始写博客，是真优两岁的时候，正好是第二次和第三次手术之间，孩子回到家里，没有什么事需要做。

我想记录女儿的疾病，让得了同样疾病的孩子的家长看到。女儿刚出生的时候，医生没有详细地告诉我们应该如何应对女儿的疾病，女儿将来的生活会受到什么影响。当然，在进行正规检查之前，无法轻率地下结论，这个我能理解，可是我听到的只是所谓的可能性。"我女儿要紧吗？"我问。回答总是"就可能性来说……"症状随时可能恶化，在不可能保证治愈的情况下，医生这么说也是应当的。可是作为患儿的家长，心情忐忑，只好借助网络检索。我看到同样病情的患儿的家长写的博客，大多数是匿名的，而且悲伤的内容居多。比如，孩子最终还是离开了……孩子死后，父母翻看以前的日记中写下的文字。当然也有恢复健康的例子，几乎都是住院日记、就诊记录。看着这样的博客，我和妻子很惊诧：我们今后的生活会变成这样吗？

可是，实际的生活中，虽然跑医院很辛苦，平平常常、快快乐乐的事情也很多。我想把这些记下来。不仅记录病情的变化,还要写下孩子的成长、平常的生活。也许,以后患了同样疾病的孩子的父母会像我们一样,上网检索,看到我的博客。如果他们能发现生活中有这么多平常的、快乐的事,该有多好啊。

　　我之所以用真名,是考虑把自己的照片和名字公布出来,才有人认真地阅读。孩子生病,又不是什么可耻的事。我是格斗家,原本就习惯了暴露在公众的面前,所以我决定,我的照片、名字和女儿,全部真实地写出来。

　　如果,女儿生下来没病没灾,我也不会写什么博客,也不会这么认真地拍照片。

　　开始写博客之后,我收到很多邮件和留言。其中多数是母亲们写来的,所以都由妻子代我回复。之前,我们去见了访问过我的博客、住在北海道的家庭,还两次拜访住在大阪的一个家庭,和他们一起去了迪士尼乐园。那些孩子都得了和真优一样的疾病,此外还有几位小朋友,我们家至今还和他们保持和睦的关系。

　　患儿的家长们一见如故,我们有一种特殊的感觉,只有家有患儿的父母才能理解。

可是，如果对周围的人太过冷淡，摆出一副"你又不明白"的样子也很令人生厌。我当然也有不对的地方。如果对方是健康孩子的家庭，往往会照顾我们的心情，不需要照顾时也小心翼翼，让我感觉很累。肯定大家都觉得疲劳吧。

经常有这样的事情，问刚刚生了孩子的朋友："你觉得生男孩好，还是女孩好？"有时听到的回答是："都好，只要健康就好。"这是非常普通的交谈，我却很容易受伤，心里会想："不健康就不可以出生吗？"而对方往往也意识到这点，"哎呀！"这一下两人之间就产生了距离。我知道对方完全没有恶意，但是言语的微妙之处、表达的温度都让我疲惫不堪。

照片的记忆

我以前就喜欢艺术类的东西，也喜欢看摄影作品。我考上过国内某大学的艺术系，真正开始拍照却是最近的事。

女儿出生后，我马上买了二手单反相机，然后是配置镜头。刚开始用数码相机，现在全部用胶卷。

最先拍胶片时，用的是最常见的135胶卷。观看斋藤阳道摄影展时，我决定正式改用120胶卷拍摄。那是真优两岁那年的12月，记得好像是2011年的冬天。摄影师斋藤先生拍了许多残障人士，后来，我和他一起参加过一些活动。

我执着地拍胶卷，是出于某种"封存"拍摄对象的感觉。用数码相机，可以啪啪地连拍，总能捕捉到完美的瞬间。可是胶卷不同，拍的时候要仔细思量，认真地拍摄，送去照相馆显像，然后等照片印出来。好不容易拍下的照片上眼睛闭着，或是背景出现了奇怪的大叔，这样的事不胜枚举。反倒是这样的影像让人珍惜，拍摄的数量也绝对地少。这样，认真拍的照片也会认真去看。我现在用6×7的中画幅相机，一卷胶卷只能拍十张，拍摄行为的冲击力很强。我所珍爱的女儿的样子被封存进底片，我要把拍下的照片一张一张珍藏。

现在，以及未来

做完第三次手术，真优现在五岁了，病情已经稳定下来，本来两周一次的定期检查，频率也渐渐降低，现在一年只需要去检查一次。

她已经记不得做过心脏手术的事，那时候她才两岁半。有不少这样的孩子，不记得自己曾经生过病。

可是我要原原本本地把生病的经历告诉她，我给她看过照片。如果她一无所知地长大，忽然告诉她不可以运动，那很残酷。我已经告诉她现实的情况，她应该没事，她清楚地知道自己生过的病。

周围的人问过我，当真优到了青春期，对于自己的病，还有博客上的记录，她会怎么想。那也没有问题，她会没事的。不管是好的方面还是坏的方面，孩子都受到父母的影响。真优是毫无保留地在博客上记录病情的我的女儿，她一定能正确地接受自己的疾病，也能够理解我为相同境遇的人们写博客的真意。

如果说我没有考虑她将来的人生伴侣，那是说谎。不过，想也毫无意义。目前，医生说真优将来不能生小孩，如果对方不能理解，感情很难维系。

怀孕会对她的身体造成沉重的负担。她的心脏不具备泵血的功能，肺承担过重的负担很危险，维持肺部压力低于心脏非常重要。幸运的是，真优肺部的压力比较低，所以心脏能正常地工作。和真优做了相同的手术，正常生活的孩子里面，有不少因为压力逆转，一辈子离不开氧气瓶，或是要依靠轮椅生活。

  妻子对真优以后不能生孩子感到很难过，因为她成为了母亲，满心欢喜，认为做母亲是件幸运的事。我觉得本来就有许多人主动选择不生孩子的生活方式，所以目前不用特别考虑这些事，但妻子好像还是很伤心。

  真优长大之后不能参加社团活动，需要屏息的游泳也绝对不行。此外，还有药物副作用的问题。为了预防血栓，真优服用一种叫华法林钾片的药，受伤的时候很难止血。如果是割伤还好办，摔到脑袋的话有可能形成血栓，造成脑梗塞。她现在没有吃这种药，以后还是需要，那时候运动就要受限制。

  说实话，真优的心脏到底发挥多大的作用，她的身体有多辛苦，我一无所知，因为我的身体很健康。不管是运动受限，还是怀孕生产，随着她的成长，情况都会变化的吧。

妻子和女儿的纽带

妻子非常坚强，我只见她流过两次泪：听到做三次手术就没事时的喜极而泣，还有医生说真优不能生孩子时悲伤的泪水。

我是精神上的弱者，刚开始的两年每天都会流泪，无法忍耐自己的悲伤。我一哭，妻子就会问："又为什么哭啊？"她数落我："你哭，只是因为自己难过。你再怎么哭真优也好不起来，别哭啦。"我觉得她说得没错。我的眼泪，是因为没有得到健康的孩子而流的泪吧，也许是这样。

真优一直和妻子在一起，这是了不起的纽带。我仿佛是个第三者，站得远远地为两个人拍照。真优还没有上幼儿园，她们俩经常在一起。妻子和女儿之间，仿佛容不得我的介入。

疾病让我明白

我很幸运，遇见好的医院、好的医生、好的护士。真优病情危急的时候，东大医院的NICU正好有一张空床。我们进去之后床位就满了,医院只好停止接纳转院的病人。因为有许许多多的幸运,才造就了现在。原本真优的先天性疾病够不幸了(笑),不过,从今往后唯有好事情。

查一查真优这样患病出生的概率,大约是几万分之一。为什么偏偏是我的女儿……我想过,自己明明没有做过什么坏事,我和妻子不吸烟,也不喝酒。为什么那些烟鬼酒鬼父母偏偏生出健康的孩子呢?现如今我不想这些问题了,我跨过了这些坎。这些和疾病毫无关系,不管是作恶还是行善。就像轮盘赌一样,在概率的世界里偶然发生罢了。

刚开始,我无法接受这荒诞的世界,想诅咒一切。可是,我已经习惯了,而且是从好的意义上来说。我在这现状之中,努力去发现快乐的东西。现在我已经不再追求平常家庭这样的人生目标,因为我感受到的,是其他家庭无法感受到的幸福。幸福,总是相对的吧。总有人健健康康,却感受不到幸福。我明白了这点,真好。

真优生病之后,我们经常跑医院,我现在在东大医院里面的"麦当劳叔叔之家"做志愿者。生病的孩子,有很多很多呢。我常常反思,自己生下来就有一个健康的身体,活到现在,却一直没有意识到这些孩子的存在。谢谢女儿,让我注意到这些。当然,我也要感谢妻子。

女儿的诞生和她的存在,改变了我的人生观。这比所有的一切都宝贵。等她到了能认字的年纪,我想堂堂正正地让她看我的博客和这本书。

关于小儿心脏疾病的预备知识

北堀和男（北堀内科医院院长）

心脏 24 小时不停歇地跳动，每天跳动大约 10 万下。心脏把血液运送到身体各处。换句话说，心脏是全身血液循环的水泵。所以，心脏是维系生命最重要的器官之一。心脏疾病有许多种类，我在这里补充说明一下，真优小朋友得的是什么心脏疾病，接受了怎样的治疗。

＊疾病的症状和进展有个体差异，这里所说的不涵盖所有的症状。运动方面所受的限制也难以一概而论，希望读者了解。

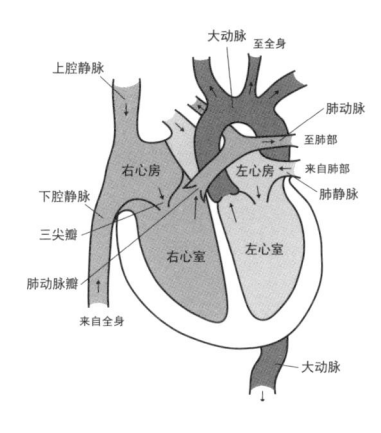

正常心脏的血液循环：
肺→肺静脉→左侧心脏→大动脉→全身→上腔静脉→下腔静脉→右侧心脏→肺动脉→肺。

关于小儿心脏疾病的预备知识

【肺动脉闭锁症】【右心发育不全综合征】

肺动脉闭锁症是指肺动脉发育不全，完全闭锁，导致右心室发育不良。右心室的氧分压仅为 30mmHg 左右，担负着向肺部输送血液的任务。而右心室压力过高，容易疲劳。右心室疲劳，会导致"右心功能不全"。其症状有轻有重，轻微症状有可能自然改善。如果肺动脉发育不完全，肺动脉与右心室之间的压力差很大，有必要通过手术扩张通往肺部的血管狭窄的部分。通往肺部的通道如果完全堵塞，被称为"肺动脉闭锁症"。通道堵塞，血流无法到达肺部，需要进行紧急救治。因此，真优出生之后马上需要做 BT 分流手术。

简单来说，"右心发育不全综合征"是单心室症，心室只有一个。通常负责向肺部输送血液的右心室发育不全，无法完全发挥作用。

【两大血管移位症】

在这种疾病中，心室和心房的位置正常，但是肺动脉连接到左心室，大动脉连接到右心室。

【心室中隔缺损症】

小儿先天性心脏病中最为常见，每一千人中有数人的发病概率。左心室和右心室之间有缺损，约半数的患儿在一年之内自然闭锁。如果缺损较大，通过的血液量大，会加重心脏的负担。

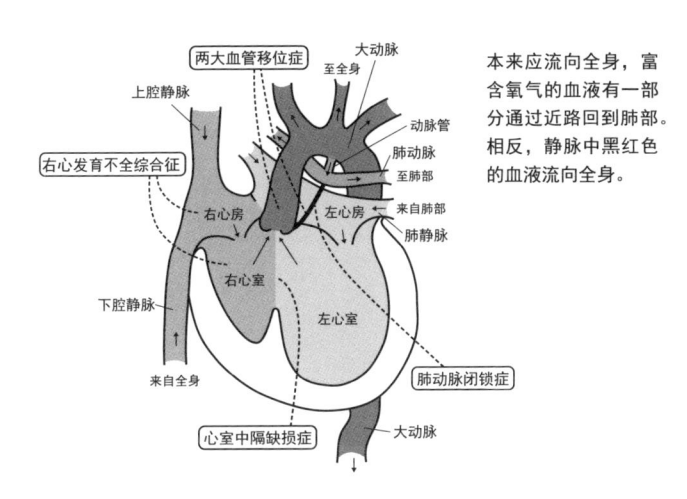

本来应流向全身，富含氧气的血液有一部分通过近路回到肺部。相反，静脉中黑红色的血液流向全身。

关于手术

文章中的"姑息手术"容易让人产生负面的联想，但是在医学的世界，其意义完全相反。根治的治疗需要患者具有相当好的身体素质，而且治疗的不同阶段有不同的难题。在现阶段采取最佳的处理，称作"姑息手术"。以前有过一次实施多种手术的时代，但是这样的治疗会对患者身体造成很大的负担。近来更倾向于姑息手术，逐个解决，逐步改善症状。

【BT分流术】
将左侧心脏通向全身的动脉与人工血管进行缝合的手术，使之连接到肺动脉，增加大动脉到肺动脉的血流量。

【格林手术】
连接运送从上半身回流的血液的大静脉和肺动脉的手术，减轻心脏负担，某种程度上改善血氧饱和度。

【方坦手术】
连接上腔静脉、运送从下半身回流的血液的下腔静脉和肺动脉的手术。在进行方坦手术之前做过格林手术的话，手术可使下半身的血液流至肺动脉。该手术成功之后，动脉的血氧饱和度接近90%—100%，能和正常人一样生活。

关于小儿心脏疾病

先天性心脏病（出生时心脏结构有异常的疾病的总称），根据疾病的程度，如何定义此类"疾病"或"病名"还存在分歧。通常分为五十多种。复杂的疾病需要综合使用几种表示病名的表达方式。在先天性心脏病中，以占据半数以上的"心室中隔缺损症"为代表，有症状较轻的，也有需要进行数次手术的重症。据说先天性心脏病在新生儿中的发病率为1%。

真优小朋友这样心脏畸形复杂，具有数种异常症状的先天性心脏病的发病率为数千至数万分之一。在几十年前，这是不治之症。即使现在，现实情况是，由于居住区域医疗水平的差异或者病症的细微差异，也有导致婴儿死亡的病例。

关于"麦当劳叔叔之家"

真优小朋友出院之后,本书的作者参加了志愿者活动,地点是东京大学医学部附属医院的"麦当劳叔叔之家"。这是为住得很远,需要经常探望患儿的家属提供住宿等服务的福利设施。

*

"麦当劳叔叔之家"的开端

"麦当劳叔叔之家"开始于1974年的美国费城。

美式橄榄球运动员弗雷德·希尔的三岁爱女患了白血病,住进了医院。他在医院目睹了狭小的病房里挤在孩子旁边睡觉的母亲、从医院的自动售货机购买食物充饥的家长。他的家离医院也很远,精神上、经济上都感觉很痛苦。于是他考虑能不能在医院附近为患儿的家属提供经济的住宿设施。他得到医院附近的麦当劳餐厅、医院的医生和橄榄球队友的帮助,进行了募捐活动。

他真诚的心愿得到众多民众的支持。1974年，费城报社提供的房屋得到了改建，世界上第一家"麦当劳叔叔之家"得以问世。

这一善举向全球推广，截至2014年1月，世界上三十五个国家共开设了三百三十六家"麦当劳叔叔之家"。

日本国内"麦当劳叔叔之家"的开端

1996年前后，在妇婴医院"国立成育医疗研究中心"的创立计划中，出现了设立"麦当劳叔叔之家"的想法。在美国婴幼儿病房附近，几乎都有"麦当劳叔叔之家"。日本也考虑引进这一模式，改善儿童和家长的就医环境。通过各方努力，2001年冬天，在国立成育医疗研究中心旁边，开设了"世田谷之家"——日本国内第一家"麦当劳叔叔之家"。之后，这一计划推向日本各地，2014年秋计划开设的"麦当劳叔叔之家"是第十家。

"麦当劳叔叔之家"的作用

　　孩子生病之后，家长总想让孩子接受最好的治疗，可是如果医院离家很远……不管是精神、身体，还是经济上，家庭的负担都很大。

　　在这种情况下，家长把自己放在次要的位置，专心为孩子治疗，自己连续几天躺在医院的沙发上过夜，一日三餐吃简单的盒饭，而且心里还要惦记留在家里的其他孩子。

　　"麦当劳叔叔之家"正是为这样的家长设立的。住院、来医院就诊的未满二十周岁患者的家属，可以住在"麦当劳叔叔之家"里，每人每天只需支付一千日元（约六十元人民币）的费用。福利设施提供独立的床铺、可以烹饪的厨房、起居室、就餐室、洗衣间和康乐室，能够舒适地日常生活。

我们能做什么

"麦当劳叔叔之家"的运营依靠善款捐助和志愿者的服务。捐款当然是支援的方式之一,为了帮助患儿和家属,我们应该考虑自己还能做些什么。

"麦当劳叔叔之家"常年募集志愿者。参加说明会,登记成为志愿者,就可以参加志愿者活动了。通常要求志愿者提供每周一次或者两周一次、每次三小时的服务。

"麦当劳叔叔之家"也接受毛巾、毯子、食品等日常用品的捐助。详细情况请参见各地"麦当劳叔叔之家"的需求清单。

http://www.dmhcj.or.jp/support/goods.html

另外,在日本全国各地麦当劳餐厅的收银处,也设有募捐箱。

特别鸣谢

东京大学医学部附属医院的各位
小野博先生
北堀和男先生
高冈哲弘先生
村上新先生
林泰佑先生
东大麦当劳叔叔之家
濑户正人
川内伦子
斋藤阳道
石毛伦太郎
村上元茂・华子夫妇
今桥尚树
森本大介
山崎瞳
史蒂文・程
罗杰 & 望
贾森・科特雷尔
卡尔罗・拉米雷斯
石川洋・优子夫妇
北条正己・真智子夫妇
牛房顺二・加代夫妇
西村相机
浅草浪花家
"活在当下"巴西柔术道馆的职员及学生